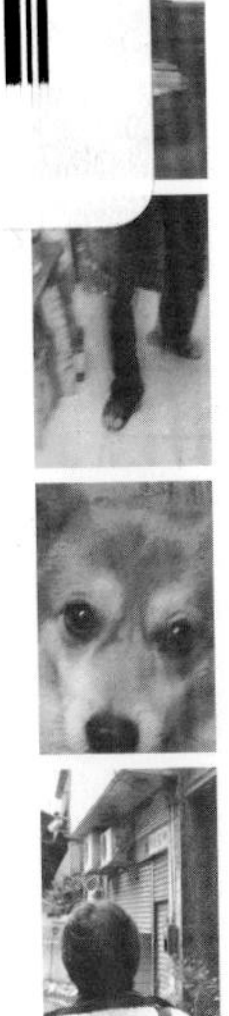

一座孤讀的島嶼

【果子離 著】

一座孤讀的島嶼

【果子離 著】

目次

壹【流放書鄉】

貳【流轉聲影】

參【流散頁碼】

肆【流動人口】

伍
【流離思索】

散步。

散心。

閒閒散散。

生命的況味，就在一個「散」字。

壹

【流放書鄉】

我的孤讀秘本裡藏著他們的名字

可怪的，在網路貼文數百篇，說了一些書，提了一些人，記了一些事，對影響我深遠，伴隨我成長，我耳濡目染，亦步亦趨，緊緊跟隨的人物，反倒很少提起。或許這些人成為我生命印記的一部分，是我成長日記私密的一章，我不愛攤開於陽光下，一如瑣細的居家生活；或許緣於這類特殊的情誼，讓我護持著他們的名字，宛如加密的壓縮檔，不容好事者任意下載開啟，擅加箋注。

徐志摩

我成長於升學至上的教育環境，閱讀課外讀物，尤其文學，是不受鼓勵的。我小學高年級迷上《唐詩三百首》和打油詩，但不知道什麼是現代文學。記得第一本帶有現代文藝腔調的藏書是《人生寄語》，作者王聿均，迄今我還不知道他是誰，只記得一本書翻了又翻，在為賦新詞強說愁的年代，成為我靈魂所託，且比張秀亞、蕭白筆下我認為蒼白有餘、內容不足的文字，更能打動我。

高三那年，我瘋狂的迷戀徐志摩。無數個寂寂午後，無視於聯考的壓力，我挾著版本不精純的《徐志摩全集》，在植物園晃盪，直到上課鐘響，才不甘不願的踅進校園，開始夜間課業。

白話新詩我接觸得晚。之前總是平平仄仄平平，搖頭晃腦。是徐志摩讓我開了眼，望見新詩體清麗的面容。若不是徐志摩，我恐怕多年後仍像前朝遺老，改朝換代了還在沈湎舊日風華。但也正因為徐志摩，我進入「現代詩」的領域，路子迂迴遲緩。徐志摩的詩讀到熟爛後，我才知道余光中、楊牧、鄭愁予。或許因為徐志摩，或許緣於更早的唐詩宋詞，我所欣賞的新體詩，音韻要鏗鏘，結構要完整，適合朗讀，宜於記誦，達達象徵超現實於我始終格格不入，更遑論詩想有餘、詩藝不足的作品。

詩，畢竟還是詩，和分行的散文，和哲學思考的札記不同。

用現在的尺檢視徐志摩的詩，自不免有詩藝不精之憾，某些作品情感氾濫成災，就像《人間四月天》後流行的文藝腔，若感性若肉麻，但〈偶然〉、〈再別康橋〉、〈常州天寧寺聞禮懺聲〉等諸詩作的成就，卻已為公論。

徐志摩霹靂光熱的生命，讓我傾心；轟然爆裂的死亡方式，讓我驚心。我不諱言，長久以來，徐志摩撞山，對我的衝擊。

小野

也應該提一下小野。記憶中我讀的第一本台灣現代小說，應該是小野的成名作《蛹之生》，當年走紅，堪比現在的《傷心咖啡店之歌》或痞子蔡的網戀小說。連同繼起的《試管蜘蛛》、《生煙井》等小說、散文，我總一讀再讀，以致小野後來下海編起國片，掙扎浮沈，我也隨著他的心情起起落落。我第一次閱讀的電影劇本是小野寫的；第一次研究原著小說和改編劇本的異同，用的是小野的範本；我第一次和作家通信，也是唯一一次，對象是小野。我猜想，我對台灣新電影的感情或認知，有大半原因緣於小野。我還保存當年小野在南下夜快車上撕下筆記本回覆的信，信裡除了誇讚我對電影的感覺很好，也不掩飾他對台灣拍片環境的不滿與無奈。我後來和小野成為點頭之交，我不曾提起這一段，他大概也不記得了吧。

李敖

我從未寫過李敖，天知道我讀過多少李敖。大二那年，校園流傳著一個名字，起初以為是我高中的主任教官，那個規定學生每兩個禮拜要推一次小平頭的軍人就叫李鏊，我不明白為何有人提到冥頑不靈的軍人姓名。原來有個叫李敖的作家復出，遠景出版《獨白下的傳統》，封底文案出自李敖手筆，漂亮至極：「遠景過去沒有李敖，李敖過去沒有遠景，現在，都有了。」《獨白下的傳統》讀罷，驚為天書，從此不可自拔，從副刊專欄結集讀到書籍出版，從校園讀到軍營，從台灣讀到金門，《李敖文存》、《李敖全集》、《李敖千秋評論》、《李敖萬歲評論》，一本接一本，上百本讀掉了青春歲月。現在說起這段，不免臉紅心虛，卻又理直氣壯，改寫一句前人批評社會主義的話，二十五歲以前不迷李敖者，其人必無感性；三十五歲還在迷李敖，其人必無理性。這話說得武斷籠統，感性、理性也可替換為血氣、智慧等語詞。李敖的文筆渲染力足，殺傷力強，年輕人叛逆成性，急於為不安的生命尋找出口，為之狂迷，順「李」成章。隨著個人歷練、學養思考逐步成熟，漸漸發現，李敖過去自詡把他文章的情緒語言抽掉後就是一堆真材實料。後來發現，正好相反，李敖所以為李敖，就因為那些情緒語言，不管是感性的訴求，或憤怒的吶喊，或犬儒的嘲諷。抽脂後反而顯得皮乾肉枯，就主題內容、思路脈絡來看，難免給人有點無線、有線無面，撐不起一個思想體系之憾。這幾年李敖從作家躍為演藝人員（他自己講的），在節目裡不時引據失序、推論失言、用語失準、報導失真，我看了難過，經常想起「周公恐懼流言日，王莽謙恭下士時」的詩句。如果李敖不是那麼壽考，歷史定位應該會更好。雖然大師老來破功，如今想起李敖，我還是撼動於年少輕狂時傳遞而來的光熱。

林清玄

說說林清玄吧。寫作者張映在網路發表〈人間海岸〉，說她開始親近人群土地，望向人間悲喜，「人間眼」也開了，我回應說，如果我有什麼人間眼，又因為什麼人的影響而開眼，首先要感謝的是林清玄。早期林清玄的散文，讓我看到很多不一樣的人，卑下，樸拙，或者可憐，或者可愛。林清玄走在人間，「難遣人間未了情」，寫下一篇篇至情至性的文章。至今我仍深愛《溫一壺月光下酒》，私自認為是台灣最好的散文集子，一如已絕版的四季版《李敖文存》。以後的《鴛鴦香爐》、《白雪少年》、《迷路的雲》，都讓我十分感動。直到林清玄阿彌陀佛，文章的創造力、生活的感受力漸顯疲態，我開始離開林清玄。婚變之後更少人提他，林清玄也從我的閱讀生涯淡出，終至消遁。

詹宏志

真要交代對我影響最大的人，不能不提到詹宏志。

詹宏志是影響我半生最深遠的人，從閱讀、出版、編輯的概念發想到做人處事。我口德不好，所有文化人我私下損一些罵一點，唯有詹宏志，我從無微詞。一般人文章裡學問再深，多讀幾遍，多認識幾天，就見底了；詹宏志卻愈挖愈深，肚子裡的貨遠比檯面上的貨來得多而廣。（檯面上的貨已經夠多了。）

許多人因為詹宏志的行銷功力和商業頭腦而誤解他。我所認知的詹宏志，恰恰相反，他用資本主義的行銷方案，暗渡陳倉，推動他社會主義的出版理想。他的理念多年來鼓舞著我，直到今天。詹宏志絕頂聰明，超過一八〇的智商，學得比人家快；人家忘記讀過的內容，他可以記住頁碼，過目不忘的本領，讀得比人家多；他是奇才，和漢對照，校對久了，五十音還不會念卻能看懂日文；他是怪胎，許多經典級的文案和企劃案，靈感居然源於韋伯之類的著作；他是依靠書本自學的典範，從義大利菜到電腦；他是行銷大師，他是編輯老手，他是趨勢專家，他是廣告鬼才，他是推理小說傳教士，他是旅行文學推動者，他是出版集團掌門人，他是電腦事業負責人，他是領有執照的催眠師，他是數萬冊藏書的主人，他是文化觀察家，他是小說評論家，他是創意人，他是謙虛、和善到不成樣的尋常百姓。

余光中

我成長於桃園小鎮，書店少得可哀，身邊沒有任何喜歡文學的親友和同學，我幾乎沒有現代作家的資訊管道。書商常把徐志摩和朱自清並列，二氏作品合刻，讓我很不服。

朱自清的散文還好，那詩簡直不成為詩。但我不滿又如何，天下之大，我不知道哪裡還有寫新詩的人。高中時期，有一天在國文參考書，陳鐵君編著，看到補白，選用了余光中的小詩，我還記得是〈戲為六絕句〉，如：

黃昏黃昏你慢慢地燒／落日落日你慢慢地沈／天高高／地冷冷／雁在中間叫一聲

又如：

九月啊九月／是誰一張金黃的心／飄飄零零／在風裡燦燦地翻動黃金／翻過來，金黃／翻過去，黃金／誰掉了一顆金黃的心？

因為這樣的詩趣，余光中這名字留給我深刻的印象。後來不記得是從余光中哪本詩集開始，那輕快的節奏，高大的詩風，明亮的語言，讓我興起有為者亦若是的慨嘆。我模仿余氏風格，技法可能不類，才華容或不及，簽名倒是學得挺像的。

鄉土文學論戰如火如荼的時候，我還搞不清楚怎麼回事，只知道余光中得罪了一票人，陳鼓應寫了一本《這樣的詩人余光中》，把余氏詩句割裂重組，斷章取義，以遂口誅筆伐之目的。多年後，我終於知道余光中那篇〈狼來了〉對台灣文學是多大的戕害。在許多本土作家面前，我絕口不提余光中。而余光中詩藝雖然爐火純青，卻也面臨一再重覆，老來狼狽的瓶頸。余光中的光華，漸從我生命轉黯。

前些年中山堂舉辦現代民歌之夜，楊弦、蔡琴、齊豫、胡德夫，好多好多歌手，重唱昔日膾炙人口的校園歌曲/民歌。我沒有預期中的懷舊傷感，卻隱隱覺得找回了一些壓抑、失落已久的感覺。多年來我好像在壓抑著什麼，那一夜，我懷疑壓抑已久的能量就要釋放出來了。也許是當年民歌運動的革命精神感動了我，想起自己年華老去，再不發起什麼革命可能時不我與了；也許是楊弦唱著余光中的詩，讓我無從迴避，不得不承認余光中對我的重大影響，那是在鄉土文學論戰後許多人不願承認的事實。多年後一笑泯恩仇，陳芳明從糾葛不清的情結裡走出來，重新肯定余氏的文學成就，而我為何還不太願意承認余光中詩文的節奏是多麼強烈的支配著我？從筆畫的轉折，到鍵盤的起落。

羅大佑

我當然同意，文學反映人性，回應現實，詩也不例外。然而，詩的節奏也鼓動著我們的生命，詩的音韻呼應著我們的呼吸，那種脈動早已超越種種意識型態，驅動著我們的脈搏。這種感動經常出現在詩裡，也出現在優質的歌詞裡。羅大佑、陳昇的詞，給我們的感動，可能不下於一般現代詩。說到這裡不得不提羅大佑。羅大佑的歌詞曾入選前衛版年度詩選，《一九八三台灣詩選》的〈亞細亞的孤兒〉是全台灣詩選集第一次選自唱片專輯的作品。吳晟編選的標準，引來不少主流詩刊的隆隆砲火，我以為這樣的爭議是很無聊的，好一陣子我刻意把詩寫成羅大佑式的歌詞，心想，詩若能寫得這般動感，不必扭扭曲曲，該是多麼過癮啊！如今回想起來，還是充滿亢奮。

張開好奇的眼睛，東張西望看世界，
抒發真誠的文字，南腔北調說心情。

逛書店的疑懼

用「逛」字做為「到書店去」這項行為的動詞，是三生有幸的福分。逛書店看似天賦人權，是天上掉下來的禮物，殊不知不過幾年之前，彼岸大陸還沒有書店可逛，架子上的書籍就像民主自由一樣遙不可及。書本排排站，在櫃子裡。愛書人只可遠觀，不可褻玩；只能探頭探腦，延頸翹首，依據書名，猜主題，想內文。相中了，低聲下氣，請店員同志拿給你瞧瞧；東翻西閱，不滿意，退回，再下一本。接下來的場景，只須想像在部分百貨公司或服飾精品店的場景就知道了，挑來挑去，不中意，不買，挨衛生眼。

台灣何其幸運，沒沾染那種衙門文化。但經濟起飛前，城鄉差距頗大，一般城鎮的書店雖然開架，逛起來卻頗有壓力，不論存心看白書，或者優柔寡斷一時難以結帳，店面就那麼丁點大，店員、老闆就在你身邊，目瞷金金直盯著，有的如怨如怒，伺機下逐客令，有的如泣如訴，祈求銀貨兩訖。即使你寡廉鮮恥，視若無睹，偶爾餘光瞥見，那眼神，訊息儘管不同，令人背脊發涼則一。

防盜系統啟用之前，在都會區的大型書店看書，也不怎麼舒坦。保書防賊，店員有責，三步一崗，五步一哨，有時區域聯防，有時緊迫盯人，鬼影幢幢，多不自在。

這些不快的現象而今不再，從新學友、金石堂到誠品、法雅，書店不僅是書店，不僅賣書籍、雜誌，更是交誼廳、圖書館、講堂和表演場所，吃飯、喝咖啡、門票預售，一次打理，衣服、文具、杯子、CD、DVD應有盡有。逛書店逛到流連忘返，沒人趕你，翻書翻到嘴歪眼斜，沒人瞪你。人生至此，夫復何求？

然而，書店逛了這麼多年，不可免的也產生一些疑懼。

我疑懼，各家書店會不會不但同質化，也逐漸 7-eleven 化？

根據「統一超商」的教戰守則，唯有市場占有率前三名的產品，才能上架販售，即使自家生產的統一食品，也只有二五%能在7-eleven門市和消費者見面。一切憑報表，一切看數字，精準、無情。現在的書店雖然厚待暢銷圖書，為了保持形象，還會擺些生硬冷門的書充充門面，一旦7-eleven化，說不定新書試賣一個禮拜，銷售量前二五%的留著，其餘退貨，從此進書店跟去便利商店一樣，挑了就走，少了「眾裡尋它千百度，驀然回首，那書卻在燈火闌珊處」的閒逛樂趣。

我疑懼，「為什麼男人愛談政治，女人愛買書」的命題正確且持續。《人間副刊》這個徵文題目，或許未經統計驗證，但漫遊書店多年，眼見為憑，進書店的女生遠比男性同胞多，是不爭的事實。最不堪的畫面是情侶檔同逛書店，二人齊心、浸淫書海者十分罕見，多的是來當陪客的書僮，書僮角色不幸以男生居多。陪女友來，一臉苦瓜，他們百無聊賴，心不在焉，不是左顧右盼，搖頭晃腦，就是上下其手，東摸西碰，撥弄秀髮者有之，揉揉肩頭者有之，像無尾熊懸臂在女友身上者有之，捏捏小手、摸摸臀部，女生無動於衷，書中自有F4，直到那雙狼手兵臨腋下，直逼胸線，才不勝羞赧，輕輕撥下男友魔掌。此畫面決非個案，也無誇張。你問我怎麼觀察這麼清楚？男人嘛，唉！參加讀書會、成長班的是女生，買書的是女生，套句吳念真主持電視節目時用台語講過的話：「天下查甫啊再不覺醒怎樣死的攏不哉呢。」

我最大的疑問，或說疑慮，甚至疑懼，其實是下面這件事：為什麼一進書店，就會想「嗯嗯」？本以為寡人有疾，不敢問，不好說，有一次在網路偶聞幾名網友七嘴八舌，我才欣然發現，吾道不孤，說不定是共通現象呢，不過礙於書香，囿於形象，一般人不好說清楚講明白。原因何在，迄今費解。我懷疑，站立、專注、放鬆、伸手屈臂等在書店取書閱讀等動作，正是太極導引的某一式，有通腸清胃之功。不管如何，對我而言，逛書店成為人生大事，必須專程拜訪，刻意安排，出門前先在家把腸胃清倉，抵達現場後觀察地形地物，確定洗手間的方位，倘若從缺，則須擇定逃逸路線，想好替代方案，決無逛街順便逛書店這種事，怕一順便，就想「順便」。蘇東坡詩句「腹有詩書氣自華」，指的恐怕就是這個現象。

書店老闆

「沙浮貓」在網路發表〈誠徵老闆——《查令十字路八十四號》〉一文，嘆道「大型連鎖書店裡面所附設的服務台，是為了解決顧客對於『買書』的疑問，而不是對於『書』的疑問。」

也就是說，你可以問某某書有沒有存貨，擺在哪裡，可以問貴寶地進了哪些某作家的著作。至於這貨好不好，有沒有其他選擇，甚至某一類主題書目云云，就甭問了，問了也是白問。

這不是店員或服務人員的錯，應徵條件本來就不會有這一項。也不怪老闆，會讀書的書店老闆一人難求，很難奢望他會支薪禮聘愛書人為店員。

沙浮貓不死心，她要徵求願意做這種傻事的老闆。——「然而，從另一個更實際的角度來講，這樣的書店，或許不見得不能存在，如果，有一天你受到了感召，決定開設這麼一家書店，請趕快e-mail給我，薪水可議。」

雖然可議，卻頗可疑。文人多誇飾，文章辭令，當不成真。我雖有意，也只能空想。

開一家個性化的書店一度是我的夢想。店面不大，只擺放我認可的、推薦的、順眼的、讀過的書。顧客進門，歡迎光臨，買不買書無所謂，以書結緣，天南地北閒聊胡扯，其樂也融融，頗合我性喜孤獨卻不願疏離的個性。開店不須廣告，一個會讀書的書店老闆，口碑相傳，就是廣告，就有客源。志小才疏，我只要坐擁書城，守一方小小的天地，帶點周夢蝶的傳奇，但不必像他老人家騎樓擺攤，餐風露宿，書種單一。我覺得這是幸福的人生。

然而又何其悲哀啊！一個會讀書的書店老闆，這是什麼值得為外人道也的口碑？很奇怪，我們去藥局買成藥，會問老闆，某某症頭要吃什麼藥，怎麼服用，多久會好？藥劑師比醫師還管用；我們去菜市場買菜，這要不要先浸一下、要滾多久、要怎麼煮？每個賣菜的都比傅培梅權威；我們去百貨公司試穿衣服，專櫃小姐建議說這件好看那件也不錯。賣東西不簡單，賣電腦得會修電腦，賣麵得會煮麵，獨獨賣書，只要會掃瞄條碼，會看價錢，會收錢、找錢，對書毫無概念也不妨。分類上架前，內容瞄也不用瞄，顧名思義，自有主張。於是明明講台灣歷史源流，只因書名《台灣的枝葉》，就跑到園藝類；明明《吃西瓜的方法》是詩集，卻和食譜同櫃；《長大的感覺真好》明明是性教育題材，只因「天下文化」出版，就擺在企管專區。這些還是大型連鎖書局的前科，小書店更不用說了。

除了某些專業書店，諸如台灣的店、書林、唐山等，你很難想像會聽到書店老闆引經據典，談笑書聲。這樣講並無責備之意。以前中央圖書館參考室有個服務台，好幾位工作人員，專線接受讀者 call in，百科全書一旁伺候，解答各種疑難雜症。不知道國外有沒有哪家偉大的書店辦得到。這個奢侈的夢想，我不敢痴人說夢，奢望今生今世碰得到。放眼書店，從老闆到店員，不乏人模人樣、談吐庸俗之輩，能不礙眼，擾我逛書店的清幽，就已經萬幸萬幸了，何敢多求？

真的。我一直記得國中時代頭一次去買數學參考書，琳琅滿目，無從選擇，我挑了又挑，選了又選，遭老闆娘斥責，「要買快買，不要一直翻。」場景尷尬，迄今難忘。也還記得大學時代，在台北重慶南路天龍書店前書報攤，發現《台灣詩季刊》創刊號。有人願意擺詩刊，多麼教人感動，我決定多買幾份雜誌，以示支持，於是東挑西選，左看右看，老闆誤以為我白看，一把搶下我手中詩刊。之後是不快的口角，不快的記憶，每回經過附近，我都瞪著那個攤子，用念力詛咒它結束營業。幸好天理報應，它撐不久就倒了。

或許令人反胃的嘴臉見多了，空間狹仄的書店讓我背脊發涼，總覺得有一雙不善的目光盯著我，不知道什麼時候會搶走我的書，下逐客令。因此，儘管金石堂等連鎖書店的防盜門設計糾紛迭生，我仍舉手贊成。至少我可以安心在書店逛上一整天，不必像從前三步一崗、五步一哨，讓人很不自在；也不必抬望眼老看到監視器虎視眈眈掛在牆壁。

開書店的人不看書，書店和顧客之間便只有交易沒有交談，開書店的人不愛書，賣書和賣豬肉便沒什麼差別。也許這樣，當我們看到書店或書報攤的經營者滿腦肥腸，一臉橫肉，便不足為奇了。

余光中筆下的廈門街一一三巷，早已拓寬。
百年老樹的斜對面，
就是爾雅出版社和爾雅書房。

爾雅的規矩——讀《二〇〇二／隱地》

隱地是個規規矩矩的人，開了一家規規矩矩的出版社，叫做爾雅。二十七年來，用規規矩矩的態度，出版了五百多種規規矩矩的書。隱地，本名柯青華，平日規規矩矩的閱讀，規規矩矩的生活，二〇〇二年，六十五歲的他，把寫了半年的日記出版了，內容以出版、編書、寫作、閱讀為主軸，書名叫《二〇〇二／隱地》。

在不規矩的年代，規矩的經營出版事業，其辛苦可想而知。隱地在三月卅日的日記寫道，回頭書，也就是被書店退回來庫存書，已經屯積四萬三千本。從一九八八年起，退書逐年增加，改頭換面加印封面也沒用，利用書訊以對折以下的優惠傾銷也沒用。好些書賣了一整年，銷售量是個位數字。

書店退書很快，進書很慢。隱地舉例說，二月廿日出版七種新書，金石堂只選了白先勇的《台北人》典藏版，因為新書太多，為控制進貨成本，直到五十天後，其餘六本新書才出現在金石堂書店。

書店在商言商，怪不得，只能怪文學書賣相不佳，爾雅這種小出版社單兵作戰力量有限。隱地這個規規矩矩的人，在不規矩的年代，規矩的經營出版事業，沒有炫目的編輯手法，沒有灌水的編排方式，沒有出奇制勝允為行銷典範的市場操作。聽說九歌出版社推出《名家名著選》，梁實秋、張秀亞、琦君等名家選集，定價三百五，有的特價九十九，有的一二九，隱地搖搖頭，勸阻九歌，尤其琦君，在爾雅印行十種書，九歌廉價拋售，直接衝擊爾雅的琦君作品。然而形勢比人強，書市慘澹，薄利多銷說不定會吸引讀者搜尋這些作家的原著閱讀，九歌老闆蔡文甫說。

什麼市場經營策略，隱地不懂。他搖搖頭，怨嘆多年前：

有才子之稱的詹宏志，把新出版系列叢書的第一冊打出四十九、五十九、六十九超低折扣的書，把好好的一個圖書出版市場弄得雞飛狗跳，至今同業仍有怨言。（頁一五三）

詹宏志的罪行不只這樣。成立城邦集團，和香港 TOM.COM 合併。隱地的感喟是：

出版業，本是典雅的事業，如今變成「集團」，要把自己塑造成「霸主」，橫掃千軍之後又如何呢？

既規矩又典雅的隱地和爾雅，在這紛亂多擾的世界，守著文學出版的淨土，曾經見證文學書籍輝煌的時代，如今滄海桑田，情何以堪？隱地這本日記頭一篇，記的便是燈下看稿，大陸作者李理寫《俺這一輩子》，個人生涯結合時代苦難、國家動亂的農民文學，好是好，但評估銷路至多一千本，而手邊稿件一本又一本寄來，衡量出版社的能力，只好退稿。「出版事業走到如今這步田地，真是始料未及。」隱地一語道盡出版經營的辛酸。

出版者資本不粗，行銷能力不強，除非緣於情義，否則很難爭取成名作者和暢銷作家出書。但文化人講究人情世故，看來天經地義，機關算盡總不像樣。隱地這老實人，難以釋懷，為什麼余秋雨不再交給爾雅出書？余秋雨原本沒沒無聞，爾雅出版《文化苦旅》、《山居筆記》後，身價翻兩番。隱地欣賞余秋雨，為他撰寫數篇文章，包括一篇訪談，也請歐陽子仿當年細讀《台北人》的精神和形式，寫成專書《跋涉山水歷史間》，賞析余秋雨的篇篇作品。用心良苦，一來致敬，二來不無籠絡之意。

然而，善意得不到余秋雨的回應。余秋雨不會不知道他的暢銷書對爾雅有多麼大的幫助，新作卻一本一本交給財力雄厚的時報、天下。隱地不掩心中的失望，只能消極拒讀余秋雨的新作。

隱地這麼敦厚，敢明白寫出和余秋雨的糾結，當然不為攻詰算賬，相反的，卻是懺悔，懺悔自己心結不解，漏讀了余秋雨的《行者無疆》。余秋雨少了一名讀者有何損失，反倒是自己少讀一本好書才是損失。

曾經和爾雅合作密切的作家很多，王鼎鈞、蔣勳、洪醒夫、虹影、愛亞、歐陽子等都是大戶，出了好幾本膾炙人口的好書。爾雅理想性高，素有「票房毒藥」之稱的詩集，產量最豐的，一是洪範，一是爾雅，兩家同在廈門街一一三巷，也就是昔日余光中所居住，時常入詩為文的「廈門街的巷子」，稱那是全台灣最有詩意的地段，並不為過，雖然馬路拓寬，已經不像巷子了。

爾雅的出版走向，當然不脫隱地的個人品味和好惡。規規矩矩的人，出版的大都是規規矩矩的書，除了《K》、《一隻男人》等較有爭議，其餘多的是題材規規矩矩，形式四平八穩之作，在這腥羶、叛逆、前衛、虛無的年代，要贏得青睞，並不容易。隱地有一篇日記寫他對駱以軍之類小說作者的排斥，他讀駱以軍的《遣悲懷》，發現作者可以寫個沒完沒了，新聞、八卦、道聽塗說、朋友閒扯，隨寫隨停，隨停隨寫，玩著文字捉迷藏遊戲，也看不出來有什麼「經過設計的紊亂」。隱地進而透露，持續了三十一年的爾雅年度小說選停辦，除了銷路遞減，更主要的原因是選入的小說愈來愈難看，作者競逐著艱澀的風格，製造文字障，失去說故事的能力。

爾雅的好書不少，泛泛之作也不少，但不曾出版過爛書。人文光影如同黃昏斜斜照進的餘暉，溫溫的照拂著這家位於一樓的出版社。這樣的出版社不多了，愛書人若有心力挺，除了買書，還有什麼支持的方法？

【後記】

隱地在一一三巷，我隱居在一三一巷，同為廈門街。隱地是個好人，我常翻閱一本散文集《活著的神話：我為什麼活著》，名不見經傳，直到出書，隱地仍不知道作者何許人也。願意為新人出一本註定滯銷的文學書，這是多麼敦厚的出版人。我每回出門從爾雅門前經過，看出版社好好活著，就有安心的感覺。

爾雅書房

《2002/隱地 Volume Two》最後一天的日記書寫，有一張攝於爾雅書房的照片，隱地坐在窗邊凝思，圖片文字寫道：「在爾雅書房裡，我讓自己的身體斜靠著，成為一艘會思考的船。」

如果有所謂的關鍵字，大概是「斜靠」和「思考」吧。斜靠，因為爾雅書房不是讓人正襟危坐的演講廳，你可以放鬆閒適；思考，因為爾雅書房的視覺、聲音、氣味，是由明亮、靜謐和人文氣息等元素所構成，你可以沈靜思索。

二〇〇二年，隱地把二樓舊家重新裝潢成爾雅書房，用讀書會的沙龍形式，舉辦座談會或新書發表會。場地不大，有書則靈，三、五十人，以書會友。和出版社一樣，小而美，給人歲月靜好的感覺，彷彿為隱地這句話做註腳——「讓繁華慢慢的來，它才會慢慢的走。」

典雅的爾雅在三十歲前，孕育出一歲的爾雅書房。書房和出版社毗鄰，坐落於昔日余光中筆下那條「廈門街的巷子」。巷子早已拓寬，車馬來往，靜謐依舊。一條與世無爭的街巷。從書房的大片落地窗向左看去，百年樹齡的高大雀榕樸拙的生長著，孤寂而堅定，光陰到這裡宛若止息。幾年前，這株百年老樹，市府列冊守護，免遭砍斫頹圮。樹猶如此，爾雅何嘗不然？多少讀者、作家，用行動，用心念，守護著爾雅這片文學淨土，在浮動多變的時代。

雞口・地獄・詹宏志

十二年前一個夏日黃昏，下班後的遠流企畫部空盪盪，我和詹宏志聊著過幾天到遠流來主編系列叢書一事。詹宏志撐著頭，說起多年前遠流只有八名員工，有事沒事辦公室喊一聲就全聽到了，開會是沒有的事，待公司壯大了，卻需要很多很多會議，溝通協調。

我附和著諸如公司軀體龐大的流弊，以及組織瘦身的需要。詹宏志低聲說道：「但是你又不能叫公司不要變大。」

不過短短幾天，詹宏志和公司的關係產生變化。這個愈來愈大的出版龍頭，生產了無數的暢銷書，但有一條產品線理想色彩極高，曲高和寡，走的是學術，談的是思想，總經理詹宏志親自操刀。運作多年後，對於這一系列韋伯、馬庫色、馬克思等作者群構成的書種，業務部門頗有不同的聲音。

路線的爭議，讓詹宏志重新思索公司的定位、發展的方向，以及個人的角色。不久，這名文化界罕見的金頭腦決定離職，離開工作長達八年的出版公司。

龍困淺灘困不了多久，失業多年的詹宏志，後來創辦了PC home、城邦出版集團。二〇〇一年香港富商李嘉誠入主城邦，人才大量出走。貓頭鷹創辦人郭重興離開了，麥田總編輯陳雨航離開了。他們說，無法適應集團（或者說財團）的運作方式，他們為台灣的編輯自主權而憂心。

是的，你不能叫公司不要變大，但是小公司壯大為大企業體，游刃有餘變成綁手綁腳，江湖俠客轉為行伍教頭，不是人人可以適應的。詹宏志大概也很難預料，十二年前他出走，同樣的理由，十二年後他讓人出走。除非豪氣干雲，另有發展，誰捨得步下曾經盡情揮灑的舞台？若非工作環境不變，誰甘於捨棄？

詹宏志寫過一篇文章〈榮耀歸於老闆〉（《趨勢索隱》頁六九，遠流出版），自述他當年離開中國時報，成為個人工作者，朋友為他惋惜，認為「經營或參與經營一個影響大眾生活至鉅的大公司」，才能把才能發揮到極致。然而，像詹宏志這樣單兵作戰，成為小店、小公司負責人的，據詹氏當時統計，每八個台灣人就有一名。而其中不乏大企業體的高級幹部，放棄升遷的遠景，斷絕加薪的希望，捨掉在大公司的風光，卻冒著創業的風險，為什麼？

不管離開大企業庇蔭後，這些個體戶的前景是慘澹經營或飛黃騰達，他們出走的共通理由，「就是要尋找個人的實踐與肯定。」詹宏志說：「當然這是一種可惜的浪費，但更是大公司的恥辱。有人說，這是因為中國人喜歡當老闆的劣根性——我不相信這句話。我認為是，不好的資本制度，會使每個老闆為這個社會逼出一百個老闆。」

尋找個人的實踐與肯定，當然是背離既有的光芒，歸零，向另一個有光的所在出發的好理由。但也不乏翅膀硬了要展翅單飛的案例，有的不願「榮耀歸於老闆」，也有的把「罪過歸於老闆」，後者或許正是詹宏志所不以為然的「中國人喜歡當老闆的劣根性」，只不過這可能不是中國的民族性或東方人的特質。誰不想稱王稱雄？放諸四海皆準。老闆也可能因為員工自立門戶的企圖心而背了黑鍋。

中國人常說「寧為雞口，不為牛後。」語出《戰國策》。雞口，後來演變為雞首，意思一樣。這是東方的說法。

古羅馬史學家普魯塔克曾記載過凱撒大帝的話：「我寧願到阿爾卑斯山的窮鄉僻壤當村長，也不要在羅馬做第二號人物。」這是西方的說法。

寧為雞口的心態，多的是不爽屈居牛後。撒旦不願在耶和華之下當老二，索性率眾造反。他在《失樂園》說得直率：「寧在地獄稱王，不在天堂為僕。」

這個「好過」因人而異。或得意於自由自在，或滿足於有權有勢，或著眼於利潤獨享。但足以確定的是，一個人若無法在工作中找到安身立命的感覺，若無法在職場裡找到盡情揮灑的空間，但憑報酬和尊位，老闆仍難以留住人才。

拉雜寫來，無意談什麼經營管理，只因撫今追昔，看別人，想自己，不免叨叨絮絮。我的職場生涯短暫，輾轉流離倒換了不少公司。我是念舊的人，每一次毅然離職，都緣於一個希望，希望找到一家對的公司，做對的事。儘管如此，仍難如願。十二年前，因為詹宏志飄揚遠去，我沒能成為遠流一員，如今哪都不想去，繭居在家，十足巨蟹。

亂中不一定有序，
但不亂一定沒有思緒。
人有潔癖，我有亂癖。

錦繡鋪出來的出版大地

「古人有云：『百足之蟲，死而不僵。』如今雖說不及先年那樣興盛，較之平常仕宦之家，到底氣象不同。」——《紅樓夢》第二回

聽說錦繡出版集團瓦解，我直覺不可能，至多跳票、裁員，版圖裂解幾塊，元氣傷害幾分吧！幾天後，媒體證實，錦繡文化集團旗下的崇雅行銷機構跳票六千餘萬元，董事長許鐘榮請辭。

想來不勝唏噓。錦繡文化集團經營了二十五年，從《江山萬里》套書崛起，強大的直

銷兵團鋪天蓋地，和消費者面對面，賣出又大、又厚、又貴、又重的大部頭套書，業績長紅。近年來，營業額一年十二億元左右，員工近千人，好大的出版事業。

許鐘榮老闆有霸氣，有才氣，待人和氣，行事帥氣。我在錦繡出版部門一待三年，占去我上班族生涯幾近一半的歲月，工作氣氛尚稱愉快，沒有在其他公司不到一個月就大嘆不如歸去的決絕。

許老闆常自許為台灣出版界No.1，不過我並不認同，老感覺少了No.1該有的重要元素。原因是錦繡的產品，視覺太多，思考太少。雖然整理人類珍貴的遺產，開發工藝美術、古董博物、山水地理、歷史國學等主題產品，頗有氣象，很有成果，但對時代的脈動，對歷史的反省，對弱勢的關懷，對人文的探討，都做得不夠。或許受限於直銷體系，除了雜誌，必須不斷的出版高價位的精裝套書，視覺系作品較能滿足這類需求吧。

我一直覺得，以店銷或郵購為銷售管道的平裝書，才是書市主流，才能發揮知識的力量。我在錦繡三年，正好進入後蔣經國時代，對閱讀的概念還很嚴肅，未有讀書是為了高興之類的後現代認識。當時遠流出版公司如日中天，詹宏志、周浩正、陳雨航、蘇拾平、郝廣才、莊展鵬等諸先烈，以新穎活潑大膽的行銷觀念結合編輯手法，引領風潮，玩得轟轟烈烈，不亦樂乎，讓我興起「有為者亦若是」之嘆。雖然各吹各的調沒什麼不好，但錦繡集團以直銷為主，幾乎打不進店銷市場，郵購發展不成氣候，我憂心，我懷疑，直銷兵團會讓擁有八百名員工的錦繡企業變成轉不了身的恐龍。

我相信許老闆多少也看到這個危機，否則後來不會另外成立叢書部門，發展店銷小書。但許老闆向來強勢領導，身邊有的是行政長才，卻缺乏編輯企畫高手，轉型談何容易？錦繡的店銷出版成品讓人看了皺眉，那只會讓企業賠錢罷了，或者樂觀點看，是在繳學費。

幾年過去了，「遠流」捲起千堆雪的氣勢不再，但仍細水長流，以沈穩之姿繼續前進，「錦繡」山河看來輝煌依舊，二〇〇二年初且取得《國家地理雜誌》中文版權，發行量直逼十萬份，但不見轉型。我除了《大地地理雜誌》和所訂閱的《國家地理雜誌》，不太留意錦繡還有什麼出版品，我覺得那不是我所關注的主題。

這一天終於來了。同年七月十四日，錦繡危機見報。許鐘榮對外坦言，台灣的書籍直銷模式已面臨瓶頸。「大概三年前，我意識到市場在變，錦繡的大部頭出版方向和直銷方式，已不符合時代需求。雖然我們也試著要做一些變革，但是，錦繡已變成一個大規模的出版集團（包括崇雅、錦繡和大地出版社），改變不容易。」在過去一年半之內，錦繡旗下負責行銷的崇雅機構業績明顯下滑，不復以前每月五、六千萬營業額，而嘗試轉型卻要投入更多的資金。「集團經營失敗了！」許鐘榮惆悵的說，「直銷書籍的未來不明朗。」

不久，報載許鐘榮引以為傲的豪宅就要被銀行拍賣。這幾年常見到許先生，不過不是親眼目睹，而是從媒體所見。主題不是出版，而是房子。從周刊到電視，從報導到專訪，許鐘榮給許多人的印象，已經不是出版者窮酸文人的既定印象，而是意氣風發、擁有多處豪宅的企業人。位於大台北華城的「錦繡山莊」，占地八百坪，室內面積四百坪，包括四間傭人房在內的十四個臥室，土地加上房屋造價一億兩千萬元，一個月維護費用高達三、四十萬元，這麼貴重的家，花園處處可見，藝術品縱目皆是，樂音流瀉，好客的許氏夫婦，時有藝術家朋友來訪，在這間氣派而不俗的豪宅裡品酒、開小型音樂會。據說，在桃園拉拉山上，許鐘榮還擁有一片兩百棵水蜜桃林園及一幢溪邊木屋，以及位於烏來山林，有意整修為員工休閒中心的秘密基地。

然而，我相信，許先生必然可以東山再起，別人不行，他行，因為他是許鐘榮。

百足之蟲，至死不僵。捲土重來後，許鐘榮的事業或許不及先年那樣興盛，「較之平常仕宦之家，到底氣象不同。」但我多麼希望錦繡不要重回那樣的黃金時代，不要追求或迷炫於以黃金打造裝飾的出版殿堂。許鐘榮在接受《商業周刊》訪問時親口說：「你說我已經沒有子彈（資金），但二十五年前，我就是沒有錢，靠創意做起來的。而且，經過這一次，我不會再迷戀『大』，而是期待以精、省的戰鬥體再出發。」

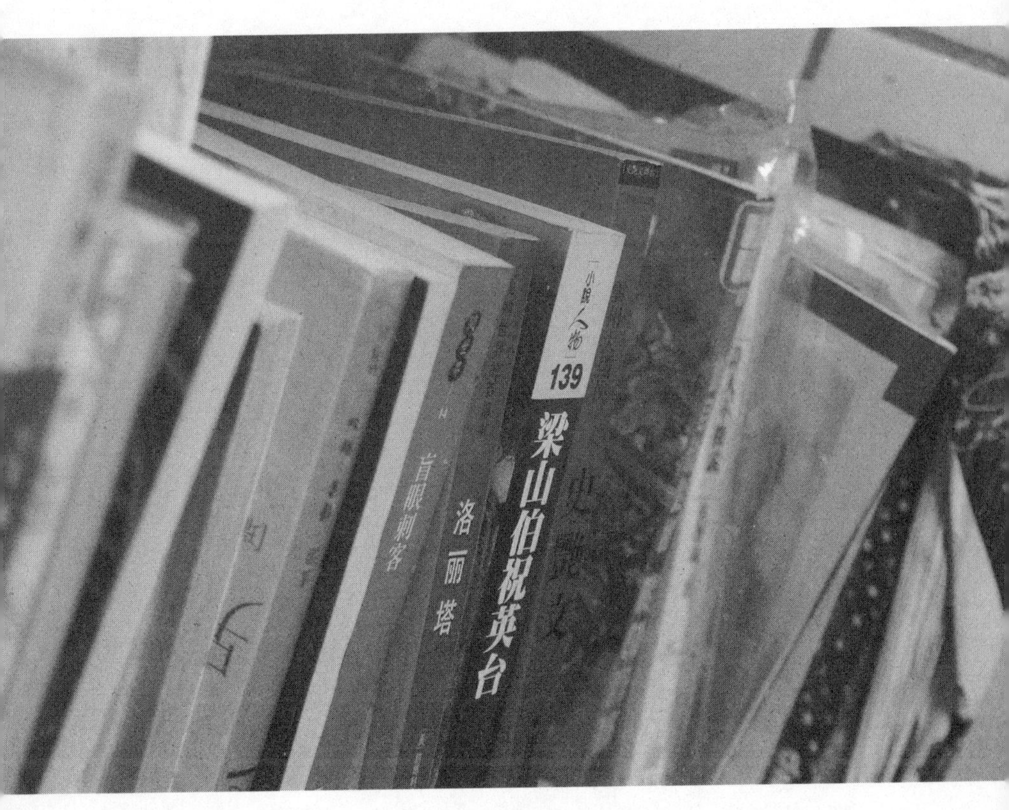

堆書造山，雖有「書似青山常亂疊」之美，一失足，卻有土石流之恨。

寂寞的編輯路

直到現在，離開編輯這一行，或說離開職場，好多好多年了，被不熟識也不想熟識的人問起在哪高就，我通常統一口徑，說，在當編輯，既不必解釋是什麼樣的文字工作，也不用說明文字SOHO是什麼意思。我經常想起大學教我們詩選的詩人張夢機老師，師大體育系畢業後，念中文研究所，他自承當兵時每有勞動公差、運動競技，便自稱念中文的能文不能武；要辦壁報或寫很噁心的反共論文，便推說體育系出身，莽夫何能提筆？巧智如《伊索寓言》的蝙蝠，遊走於哺乳類和鳥類兩種身分，左右逢源。我有樣學樣，左鄰右舍找我代擬訴狀公告離婚協議書，對不住，編輯哪會這一套？有些文藝中青老年人聽說我幹過編輯，奉上大稿敬請潤飾，偏偏字句不通如便秘，修改無望如稿癌，我輒想起狄龍在《英雄本色》裡的經典台詞：「我不做大哥已經很久了」。真的，「我不做編輯已經很久了。」寫作是一回事，自己的稿子好改；改稿是另一回事，別人的字句難動。敬謝不敏，請多包涵。

編輯工作看起來簡易，稿子沒來催催催，打字太慢追追追，錯字校一校，贅句削一削，不必真槍實彈創作演出。殊不知難就難在這裡。巧婦難為無米之炊，沒有文稿，編輯便無用武之地，碰上慢郎中作家或大牌作者，稿子遲遲不繳，狗急尚可跳牆，編輯一急只能撞牆。逼緊了，問多了，怕作家的靈感跑掉、feeling全消，又不能請出黑道弟兄上門討債。好不容易稿子來了，編輯的尷尬開始，惡夢來臨，職責所在，不免要翻田犁土，或者改動文句，或者訂定標題、另取書名，或者乾坤大挪移調動章節。固然也有作者感動得涕泗縱橫，卻更不乏作者懷恨在心，咆哮動氣。趕在評論家和讀者之前，膽敢挑戰「敝帚自珍」這個信念，怒犯天條的，唯有編輯。

余豈好改哉，余不得已也！多數編輯都有這類無奈的共識，一來可免被指責摸魚打混，慘遭炒魷魚，一來希望書稿止於至善，多點好評。一本書在編輯檯經年累月打理，漂漂亮亮風光上市，身為編輯，總會三顧書店，查查看位置有沒有擺好，有沒有被別的書蓋住，時時勤拂拭，願得愛書人青睞。編輯和化妝師沒兩樣，差別在於編輯在化妝時並不知道對象為何，書賣得好，編輯便是新娘化妝師，男有分女有歸，好不高興。賣得不好，退回倉庫、銷毀、絕版，此時編輯恍然大悟，原來自己是殯儀館化妝師，替死人上妝，再美，終究塵歸塵土歸土。

所謂做一行怨一行，編輯作為一種職業，也有一灘苦水，只不過對於有戰場供馳騁、有權杖堪驅使的主編，苦水只是苦水，那些基層的小編輯可是苦水摻著餿水、廢水。企畫、研發、媒體訪問、尋找作者、和作家溝通聊天喝咖啡統統沒份，校對、改稿、連絡打字行/製版廠/印刷廠、結算版稅、跑會計部門、寄支票、寄書等等雜務倒忙不完。工作忙不盡，老闆催又生。菲傭級的瑣碎工作做久了，壯志銷磨，熱情澆熄，想起自身的文字才華，憶起入行前的浪漫憧憬，拔劍四顧心茫然，懊悔當初為什麼踏入編輯這條路，弄得自己就像兩扇玻璃窗之間的蒼蠅，前途光明，沒有出路。

唯一的出路就是幹主編、當總編輯。倒不是迷醉於權力春藥，倒不是效法許信良從小立志當總統，實在是打雜勞工很難發揮職場的理想，又因為替代性高，很容易被取代，淪為失業人口。資深編輯人廖娟秀在一場座談會說過：「編輯人要設定自己成為總編輯的目標，然後有步驟的來達成。如果不是設定自己未來成為總編輯，最好也不要走編輯這條路。」

或者說，真要走編輯這一行，就得自我期許為全方位的編輯。從基層的校對、改稿，到印刷、封面設計、成本控制，到企劃、研發、行銷、公關，十八般武藝都要認識。「吾少也賤，故多能鄙事。」孔老夫子的自述，適用於編輯身上。

如果在目前任職的出版、雜誌社，只能當個小小螺絲釘，卻自認懷才不遇，鴻圖待展，如果發現成長空間有限，偷學武功卻學不到什麼步數，救濟之道無他，早換工作早好。若對編輯難以忘情，應當跳槽到另一家公司。總之，編輯回頭金不換，棄暗投明，為時不晚。

真的是棄暗投明，為時不晚。對編輯工作沒有遠大的志向，沒有濃厚的興趣，沒有熱情，沒有想像，卻妄想躋身編輯，糊口飯吃的人，在此鄭重建議：天下何處無職業，何必眷戀編輯檯？偏偏編輯這一行和老師很相像，許多人以為凡大學畢業，略識之無，都可以混得有模有樣，把編輯、教書當成暫時棲身的接駁驛站，濫竽充數，對編輯的侮辱莫此為甚。

編輯的樂趣和成就，恐怕還是在研發。編輯是和社會對話的行業，民之所欲，長在編輯的心。讀者喜歡什麼、好奇什麼，社會有什麼訴求需要藉由出版品發聲，有什麼情緒需要藉由閱讀抒解，沒有人比編輯更了解。編輯人貼緊時代的脈動，捕捉社會的集體情緒，研發產品類型，開闢閱讀路線，主動尋找適合的作家，溝通、說服、慫恿、商量，讓作家動筆，然後和行銷人員討論定位、宣傳等促銷作業。產品出版後，若能引領風潮，蔚為話題，還得功成不居，讓作家在聚光燈和掌聲裡名利雙收，同時安慰自己：許多偉大的作家背後都有個能幹的編輯。古來編輯皆寂寞，唯有作者留其名。

編輯難為，不像作家盡可浸淫在自己合意的書海，不像學者只要鑽研於自己專業的領域。編輯必須是一名閱讀的多妻主義者，要像海綿不斷吸收如潮的資訊和知識，要像好奇寶寶般東張西望且東摸西摸。有閱讀潔癖的、心思封閉的、沒有文字獵奇衝動的，最好不要下海編輯。

以上所述，不為勸世立說，只為自己解套。編輯雖然是我服膺蝙蝠哲學，躲避幫人捉刀的職業代稱，但說真的，一日編輯，終身編輯，編輯企畫對我仍有無比吸引力，也是我常做的頭腦體操，腦袋瓜裡經常儲存數種出版類型或企畫發想，好像保持熱身，隨時可以上場的救援投手，一旦家道中落，或可重回職場討飯，當個編輯，陷害作家，死道友不死貧道，不亦樂乎！

和書本的肌膚愛戀

搬家之前，我的床邊一步之遠有排小書架，依牆訂製。有一回，一位學佛的朋友來訪，看到書架上擺著一排佛書，駭然莫名，因為聖典怎麼可以擺在臥室？又怎能和床毗鄰而居？

朋友的表情，彷彿指控「褻瀆神明，莫此為甚」。的確，不少大師開示，也提到佛書必須供奉如儀，不可放在臥室。遑論如我坐床閱讀大不敬。

佛教朋友的想法我理解，但不盡然同意。主要的分歧不僅是我沒有虔誠的宗教信仰，更在於對書本的處理方式，或者說，對承載文字的書籍這個實體，以及書裡所要傳遞的訊息這個虛體，所採取的對應態度。

雙月書屋出版的《愛書人的喜悅‧一個普通讀者的告白》（*Ex Libris:confessions of a common reader*）一書，作者安‧法第曼（Anne Fadiman）寫道，他們有一次闔家旅遊，她哥哥如往常般，把一本未讀完的書，書皮朝上，擱在旅館桌上，第二天回旅館時，發現女服務生闔上書本，並留下紙條：「先生，請善待你的書。」

哥哥呆若木雞，不敢置信，一個嗜讀如命的人，竟然被勸告要愛惜書本？安‧法第曼感同身受，他們一向這麼處理閱讀待續的書本，而她無法想像有人能比他們家族更愛書。

安‧法第曼後來悟出道理，她稱女服務生對書的感情是宮廷戀愛，形式和內容合一，形體神聖不可侵犯，一本書必須一塵不染，完好如初。而法第曼家族奉行的是肉體之愛。安‧法第曼說：

> 一本書的字是神聖的，但至於承載字的紙張、封皮、硬紙板、膠水、穿線以及墨水，充其量不過是容器罷了。你不妨隨所興所至並隨遇而安的安置你的書，算不得是什麼褻瀆神聖、干犯天條。磨損得厲害非但不表示大不敬，還是有肌膚之親的證據。

這段話深得我心。我幾度進出達官貴人的豪宅，氣派的客廳不免附庸風雅，原木書櫃擺著幾套大部頭的書，書本備受尊寵，因為鎖在透明玻璃櫥窗裡，百毒不侵，一塵不染。然而一如櫃子裡的洋酒不是用來喝的，櫃子裡的套書不是用來讀的。我相信，那些書是寂寞的書，守著寂寞的房子，守著觥籌交錯後寂寞的主人。

這樣講會不會冤枉好人？說不定有人像安．法第曼的朋友克拉克。此君藏書八千本，個個跟寶貝一樣見光死，必也夕陽西下之後書房的窗簾才可拉開，以免書皮被晒得褪色。他喜歡的書至少買兩本，一本端放供奉，一本翻動閱覽，換句話說，克拉克對書本採取一國兩制，好歹還會取下閱讀，自不同於滿腦肥腸、買一堆樣品書的人。而且買重覆的書不算敗家吧？起碼好過買兩棟一樣的漂亮房子，一棟自住，一棟觀賞；也好過買兩部一樣漂亮的法拉第，一部上路，一部擺布。

不管如何，書籍內頁缺少指紋，總是暴殄天物。我常想，如果書和食物或藥物一樣，可以吞服，能夠以口易目，代替閱讀，讀書人願不願意吃書?幸好此事尚未發生，撕書已經被視為極度大逆不道了。據聞作家愛亞就有這種「惡習」，化整為零，名副其實的隨身看。起初多少會有掙扎，會有對作者不敬的愧疚感，繼而想想，作家出書不就希望有人購買有人閱讀嗎?走到哪裡讀到哪裡，如影隨形，正是對作者最大的恭維，於是撕得抬頭挺胸，理直氣壯。更何況撕下來的書，還可以拼裝回去，雖為解體，還是完屍，比起學生時代隨頁撕扯，背完扔棄英文字典那種「壯士一去兮不復返」的豪情壯志，愛亞式的撕而不棄，已經善莫大焉。

儘管如此，我不捨得撕書，頂多把雜誌分屍。書保持完璧之身，自有道理，一來我出門必背包包，多帶幾本書壓不駝我；二來記性不好，過目必忘，書留著好查閱；三來我喜歡書掂在手的溫厚感覺，把書撕開後零零散散，像補習班講義。

但不管書本用什麼方式保存，買而讀，讀而用，總是不錯。對冥頑不靈的我而言，書架幾百本佛書，不管是經文原典或後人演述，終究只是書，我依然多次抱著我偏愛的《六祖壇經》入夢，不知悔改。我又想起一休禪師的小故事：某寺院在曬佛經，據稱曬經時，吹過經書的風如果吹到人身，能夠消災生智，許多人因此聞風而來。一休禪師說他也要曬經，於是露出肚子，躺在草坪上曬太陽。有人嫌他不雅，一休辯駁說：「你們曬的藏經是死的，會生蟲，不會活動。我曬的藏經是活的，會說法，會作務，會吃飯。有智慧者應該知道哪一種藏經才珍貴！」

有奶就是娘，有字就是書。
讀癮發作時，
每一本書都是好書。

生命因孤讀而不孤獨

無論世間多喧囂，心情多紛擾，只要遁入閱讀的情境，便沈澱而澄靜，彷彿關起銅牆鐵壁般的城門，閉關自守，悠遊於清明自在的歲月。

閱讀是美好的情境，閱讀當下卻也是極端孤獨的。

小學時，老師常叫我們拿起課本和參考書大聲朗讀，包括試題裡的是非題，題目唸完，唸答案，對，錯。蠢斃了。

那不是閱讀，那是填鴨發出的囈語。閱讀當下是孤獨的。所謂讀書會，所謂讀書報告，是後來的事。

我們必須學會獨處，才能進行閱讀活動。散文家蒙田說：「我們必須保留屬於自己的後廂房，自在的在這裡營造我們真正的自由，以及我們的退隱和孤寂。」

後廂房指的不是任何廂房、書房或圖書館、咖啡廳，它存在於自己的心靈角落，唯有定下心來，後廂房門才會開啟。

孤獨的閱讀，反芻，吸收，然後我們發現，和作者和書中人物心有靈犀之餘，還有個久違卻熟悉的聲音，和我們對話。那是自己的靈魂。就如蒙田說的：「我們有一顆可以長相左右的靈魂，我們可以和它對詰爭辯，可以和它彼此施與受，不必擔憂在這樣的孤寂裡，會沈淪在無聊散情中。」

我很喜歡《活在當下》裡的一句話：

當你獨處，並不是單純地離群索居，你是和你的自我在一起，所有的你合而為一——你和自己的精神——本質相結合，你與自我回歸為一體。

寂寞與孤獨不同。孤獨是必要的心理狀態，唯孤獨能貼近自己的心靈，尋回出走的靈魂。寂寞不然，寂寞會致命。

閱讀是孤獨的，但弔詭的是，透過孤讀，生命竟然不再孤獨。

廈門、牯嶺、同安、晉江街的巷弄曲折如迷宮，
騎車、走路，
常有柳暗花明又一村的驚喜。

不知道名字怎麼知道她美？

據說，馬克吐溫有一次在音樂會上，聽得如痴如醉，不禁對鄰座男士說：「好美的音樂啊。」沒想到那位男士潑冷水說：「你知道曲名嗎？」馬克吐溫答說不知道。男士問：「你不知道曲名，怎麼知道它很美呢？」

中場休息時，有位美女走過。鄰座男士讚嘆道：「好美的女人！」馬克吐溫反問：「你知道她名字嗎？」那人說不知道。馬克吐溫反譏：「你不知道她名字，怎麼知道她很美呢？」

這則對話，讓我想起早先和F的爭執。那段期間我無法忍受他閱讀的漫不經心，即使讀得爛熟，他也不太記得作者、書名，更遑論出版者。

我幾次以輕蔑的口吻抗議。有一天F終於忍不住的轟我：「看書是看內容，為什麼一定要知道書名、作者、出版社？誰像你那麼複雜？」

F說得不無道理，我遺忘殆盡的內容，他如數家珍，雖然他時常搞不清楚遠景和遠流有什麼不同，李敖和李昂是男的或女的。

後來，我認識一位愛書成痴的書蟲朋友，談起書來，總能從口裡吐出一大串書單來。某個主題的相關書籍，同一本書的版本流變，某位作者全部作品的出版者甚至時間，全部建檔在腦子裡，談來談去，起先讓我自卑，繼而令我窒息，最後使我厭煩。有一次我不禁直問：「說這麼多，你到底讀了幾本？」

只見他啞口無言，然後惱羞成怒，彷彿我褻瀆神明，冒犯了神聖不可侵犯的價值觀，一如我當時遭F反駁一樣。

撫今追昔，我也曾在書海裡狂飆競逐，腦子裡安有接收器，新書的頻率和腦波相通，一一存入記憶系統裡。尤其好幾年我下班在重慶南路下車，每天必往書店報到。不思量，自難忘，那時還沒有網路，找不到的書，問我就可以了。

而這幾年，或許生活價值觀改變，影響了閱讀行為，或許雄心壯志沒了，淪落於摸到哪本就讀哪本，風吹哪頁就看哪頁。奇怪的是，這種不良的閱讀習慣，樂趣無窮不說，稍費點心思還可以兼做科際整合，頗有腦力激盪的效果。

可是問到書目或新書訊息，對不起，廉頗老矣，尚能飯否？這種閱讀遊戲，已經不玩了。

我倆在一起，
時時不分離。
每天和我朝夕共處時間最長的，
我的犬子「小小」。

【流轉聲影】

天橋下的夢幻泡影

天橋不見了，陳湘琪怔怔站著。從巴黎浪遊歸來，怎麼天橋就消逝了？台北火車站——天橋連鎖起來的記憶鏈條，行走多年的習慣動線，一下子狠狠切斷，只能茫然站立，仰望新光三越的電視牆，人潮起落，不會有行人注意到，一個女子，找不到天橋的悵然，不會有人注意到，這個女子，靠著大樓鋼柱，光影折射，熙熙攘攘。喔，來了，一名男子，靠過來，並立，卻未交談，哦，不是約會，不是搭訕，只是鏡影交疊，不同的角度，不相干的兩個人，彷若有關係，彷若沒關係。這是紊亂急迫的台北，彷若有關係的同事朋友親人情侶，說散就散，陽關道，獨木橋，有關無關只在一線間。這是雜沓速成的台北，彷若沒關係的你我他路人甲路人乙，說合就合，one night stand。有沒有關係怎麼界定？每個身影疊映在圓柱，誰也不認得誰。你看我，我看你，頂多再瞄一眼，交換眼神，不認識還是不認識，不曾交換身分。就像李康生，天橋賣表的。你那邊幾點？一張寫有電話的紙條，巴黎——台北，天涯若比鄰；紙條扔棄了，回到台北，比鄰反若天涯。果然只是陌生人，找不到，見不著了，好像不曾存在，年歲學歷住址口味習慣無所憑據。

天橋不見了，出國前在天橋上頭賣手錶的年輕人當然也不見了。即使馬路上再次碰頭，能認得出來嗎？大概不能。

果然不能。交錯擦肩，在地下道。他，去應徵A片演員。如果在A片裡看到他，能認得出來嗎？那不過是沒有名姓，沒有身分，一名賣手錶的年輕人。

沒有身分證明的人，還算是人嗎？

陸奕靜跨越馬路被逮，拒交身分證。警察說，不拿出來，我怎麼知道妳是不是大陸偷渡客？陸奕靜說，聽口音也知道。但是口說無憑不能憑口說，警察還是要看身分證。和陸奕靜同時違規的陳湘琪，乖乖交出來，收了罰單，事後卻不見身分證。警察忘了還？自己弄丟了？不知道。她也成為沒有身分的人。

沒有身分又如何？我們常常不知道，也不必知道對方的身分。就像《你那邊幾點》，人與人之間，有緣千里一線牽，偏偏線若懸絲，風吹即斷，賣手錶的，車站月台等車的，咖啡館鄰桌的，湖邊同座的，談話，做愛，邂逅、買賣。露水姻緣，短暫依存，得意者心目中的失根浮淺，在漂泊的光陰逆旅中，在困惑的生命行程裡，卻是失意人最大的慰藉。愛情這東西我明白，但永遠是什麼？羅大佑問而不答，蔡明亮也沒有答案，只有疑惑。他拍的主要場景先後消失，急遽變遷的社會裡，世事人情一如中華商場、萬國戲院，以及西門町中華路與成都路口、台北車站忠孝東路的天橋，轉眼間夢幻泡影。現代人如何自處？會不會像片尾，天邊一朵雲，崔苹唱著老歌〈南屏晚鐘〉？我匆匆地走入森林中，森林它一重重；我找不到他的行蹤，只聽到那樹搖風……。

《天橋不見了》（*The Skywalk Is Gone*）只有二十二分鐘，看做《你那邊幾點》的續篇也可以，當做獨立短片也不妨。

李安的電影大夢

「我覺得電影最大的魅力，在於它顯現我們未知的部分，而非已知的部分。有時我真想留在電影世界裡不出來了。」——李安

我對李安個人的興趣，可能大於李安的電影。

李安給我最深的印象，是他某次返台前，怕妻小餓著，在家包好兩百個水餃，存進冰箱冷凍庫。當時李安還沒發跡，懷才不遇，有志難伸，每天在家煮飯、接送小孩。從新時代的角度來看，簡直是新好男人裡的好男人；從傳統的觀點看來，男子漢大丈夫志在

四方，君子豈可近庖廚，豈可持帚洗衣抹桌椅？

李安這一窩就是六年。電影科班畢業，無片可拍，諸事不遂。當他谷底翻紅，時來運轉，我替他高興，覺得李安的奮鬥過程是絕好的勵志教材，不八股，不教條，不膚淺，不心海羅盤。尤其對窩在家裡，憋到極點的我而言。

當時的我，正值青壯，卻已過著退休般的生活，說得冠冕堂皇是文字SOHO，閒雲野鶴，實際上不過家庭煮夫，混吃等死，寫不出名堂，賣不了銀兩，仍相信否極泰來，相信龍困淺灘終有一日會飛龍在天。

我和困頓時期的李安際遇類似，生活型態相像，他發了，我不免痴心妄想，總有這麼一天輪到我，雖不可能和李安一樣名揚國際，至少賺得到錢吧。所以，聽說資深記者張靚蓓執筆的李安傳記出版，我迫不及待，以李安的簽名為灌頂，把和李安的合照當符咒，讓李安的熱力從「台北之家」的簽名會場一路放送回家。

這本《十年一覺電影夢》真厚，幾近五百頁。沈甸甸在手，我試圖藉由閱讀，追索好奇多年的答案。

我好奇，一個循規蹈矩的大好人，一個成長於保守士大夫家庭，個性不很叛逆的小孩，一個校長的兒子，怎麼拍得出複雜多樣的電影？拍電影和寫小說一樣，體內要流有邪惡的血液，才表現得出人性的深層、社會的多面。李安溫文儒雅，謙和有禮，怎麼看，都應該去拍社教短片。

我好奇，這是什麼樣的性格，導得出如此寬廣多變的題材？怎麼可以從東方拍到西方，從現代拍到古代，文的也行，武的也成？

我好奇，身為台灣的外省第二代，身為美國居民，既拍華語電影，又拍洋片，他有沒有身分認同的困惑？我甚至好奇，若片商找他拍《悲情城市》，會是什麼模樣？一如媒體所報導的，片商曾有意請李安導演第二十集〇〇七電影（也就是後來的《誰與爭鋒》），那會是什麼德性？

許許多多關於李安的問題，在這本書多少可以尋得答案。不只李安會說，執筆的張靚蓓善問恐怕是本書成功更重要的關鍵。善問者如撞鐘。換了其他作者，不是這種面目，沒有這等成果。

想想也不是太玄妙的事。再害羞再自閉的人，進入自己熱愛熟悉的領域，輒生龍活虎，光熱散發。李安是天生的電影人，影像世界是他的天地，遨遊迴游，樂在其中，也就不難理解。有人說電影圈複雜無序，李安用自身經驗，打破這項成見。他駁斥道，人生裡亂七八糟的事更多，電影再複雜，就那些鏡頭，仍然可以感知，而人生的奧妙及疑難往往超出我們的感知。「我可以處理電影，但我無法掌握現實。面對現實人生，我經常束手無策，只有用夢境去解脫我的挫敗感。」李安說，「我對電影的憧憬，正是我心蠢動的根源。」

由此，李安在影像的流動裡，一面展現倫理的教養，以及源自中原的文化傳承，一面釋放潛意識，把翻湧不息的各種念頭，把只敢入夢不敢實現的禁忌、壓抑、叛逆與不安，捕捉，停格，剪輯成一部部作品。現實裡的委屈噤聲，在電影裡以衝撞吶喊為補償。

李安的電影就這麼衝來撞去，所有的戲劇元素，都可能被吸納進來。有時太擠了，某些片子，比如《飲食男女》，這部令李安百思不解為何反應不佳的作品，我直覺以為，為戲而戲的痕跡太明顯，編劇挖空心思，想盡各種賣點、衝突點，多線結構，反遭線團纏住。《臥虎藏龍》顯然也擁擠了些，雖然真是好看。這些路數和我們熟知的台灣新電影全然不同，那種鏡頭又長又遠、劇情單薄、節奏沈緩的拍法，李安的電影裡沒有。然而李安的作品又迥異於好萊塢影片的制式呈現，且兩度摘下柏林金熊大獎，藝術成就早獲肯定，力挺侯孝賢、蔡明亮的影評人，如何看待李安？

所幸李安自己說了，他在美國學電影，自美國拍獨立製片起家，路數傾向通俗電影，但又跟好萊塢保持距離。聰明的李安，總能在市場和藝術之間取得平衡，也聰明的了解，非歐美導演的電影要賣得掉，必須要有相當的藝術成分。

因此，我們看李安，得拋棄台灣新電影的既定印象，它們不是同一路數。更何況李安的電影，即使台灣中影出品的華語片，也沒多少台灣味道。

也難怪李安的作品有點大雜燴，他受到中原文化、台灣文化、美國文化三重影響。在台灣，李安是所謂外省第二代，在中國是台胞，在美國又成為外國人。台灣情＋中國結＋美國夢，看似三合一大熔爐，卻統統未能落實。成長中的認同感和中原文化關係密切，到了後來本土意識抬頭，他又遠居海外，形成「飄零的迷惑感」。至此只能在電影的想像世界裡，覓得暫時的安身之地。「這是我的教養，由不得我選擇。」李安這麼看待。

不管你怎麼看待他，李安成功了。做為勵志個案，當年山窮水盡的李安，最寶貴的蟄伏經驗是，要苦撐待變求翻身，除了要有打死不退的精神，也要有選擇方向的智慧。李安看得清楚，在美國熬出頭來略有小成的導演，都是持續寫劇本的人，如果為了五斗米而先在劇務、剪接或製作等工作打轉，很難再轉往導演之路。所以李安好死不如賴活，寧可賴在家裡，不願出門打工。這個選擇是對的，寧為雞口，不為牛後。如果李安不能擇善固執，如果生命轉了個彎，就沒有今天電影的李安。

燈影迷離，人影流離，
「離」的意象如此淒美，
「果子離」離而不狸，
說來有點學問。

夏樹・小齊・宗一郎

一

愛情往往是這樣開始的。愛情來了，彼此不知道，以為只是友情罷了。就像夏樹和宗一郎，儘管不時相互鬥嘴、調侃，儘管情同姐弟，但兩人相濡以沫，沮喪時互相打氣，失意時互相安慰，愛情早就悄悄上身，只是他們不知道。

夏樹、宗一郎這兩個人，可以什麼都說，可以什麼都不說，沒有壓力，沒有拘束，就像東京鐵塔，午夜一到燈火息滅，第二天黃昏又亮起來。你知道它始終在那裡，讓人安心。

而這正是小齊嫉妒的地方。

二

宗一郎辭職，告訴了夏樹，而小齊不知道。

小齊心寒、難過，「這麼重要的事，你卻對我隻字不提。你會跟夏樹說，卻不跟我這女朋友講。」小齊經由夏樹室友口中知道後，在電話裡哭著對宗一郎說。

然而，情人之間能分享彼此每一件事嗎？每一個喜怒哀樂、每一份綺想歪念、每一次榮耀挫敗？情人之間應該透明如蟬翼在陽光下嗎？

如果不能，表示什麼呢？愛與不愛，能這樣衡量嗎？

〈men's talk〉。張清芳的歌，鄭華娟詞曲。

你說你有個朋友，住在淡水河邊／心裡有事，你就找他談天／直到月出東山，你才滿臉抱歉／告訴我你怎麼度過這一天

你說你有個朋友，住在淡水河邊／相識在你最沮喪的那一年／直到我的出現，你才滿心快樂／把我們的事對他說了又說／不像平常那樣的沈默

愛人不能是朋友嗎？你怎麼都不回答／你的心事為什麼只能告訴他／我其實也想知道，你有多麼喜歡我／你怎麼跟別人形容我

後來，我才知道，有些話你只對朋友說／你們叫它做「淡水河邊的 men's talk」。

對宗一郎而言，大他近五歲的夏樹，同一屋簷下，嬉笑怒罵，沒大沒小，就像哥兒們，訴說心事，必也夏樹乎。然而畢竟分屬男女，淡水河邊同性之間的傾吐，已經讓張清芳嫉妒；對宗一郎和夏樹，小齊又怎能完全釋懷，一點嫉妒都沒有，一點不安都沒

有？更何況宗一郎對女生太博愛，太菩薩心腸，情人眼裡豈容得下？

因為愛，所以想占有，所以嫉妒。狐疑。不安。

愛情往往是這樣質變的。起初只要看到對方一眼就滿足了，一回眸即成千古；只要聽到對方的聲音就好高興，想到對方思念著自己就好窩心。愛情列車初發，輕快飛馳，從來想不到，不知不覺的，所要的愈來愈多，負載愈來愈重，恨不得盤據在他的心頭，不讓他人外事進來；恨不得據守在他的身邊，不讓閒雜人等靠近。要他的靈魂，要他的身軀，在愛情時空裡，你儂我儂，總想占滿時間軸上分分秒秒每一個座標，塗滿空間圖裡東南西北每一線經緯。

愛情列車超載了，只好停駛。「喜歡上你，好痛苦。」小齊說，唯一快樂的方法，就是分開。

愛情往往是這樣結束的。相愛時的美好時光，從來想不到滄海會變成桑田，從來勘不破相愛和相處是兩門不同的學分。嫉妒，何嘗不是不夠了解，不夠信任？原以為把特洛伊（木馬）程式植入對方體內，便可以了解對方，情路一直走下去，才發現彼此只是離線後的客戶端和伺服器端，竊不到對方心事裡的帳號和密碼。

三

愛情往往是這樣兩難的。你不知道愛不愛這個人，這是是非題。要決定和哪一個所愛的人天長地久，這是選擇題。

是非題已經不好答了，更不用說選擇題。

愛情的命題不容出錯。是非不明，選擇不對，再回頭已百年身。

當久我醫生處理完和前妻的關係，向夏樹求婚時，夏樹兩難。兩個都愛，腳只能踏在一條船上。

在宗一郎面前，夏樹有話便說，好快樂，好自在。和久我約會，卻如臨大敵，想不出話題可說，說出來了又懊悔失言。究竟哪一種接近戀愛？在一起時無拘無束，無話不說，不就是我們嚮往的戀情嗎？還是太放鬆了，反而表示彼此不在意？戀愛也者，是否必定患得患失，進退失據？問世間情是何物，怎麼如此矛盾無理？

戀愛可以複選，結婚只能單選。夏樹冰雪聰明，說得真好：「當我走在前方，回頭一看，會對我伸出援手的，是久我先生，他總是在我身後，而宗一郎始終站在那裡。就算我走在前面，還是希望有人伸出手給我。」

選擇久我，就是選擇安定。唉，這個曾君臨台灣五十年的執政黨所慣用的選戰訴求，在愛情的選擇題中，卻成為最好的答案。於是夏樹和久我飛往美國，告別單身，告別宗一郎。很多觀眾眼眶帶淚，在柔美音樂聲中，和宗一郎一樣，目送夏樹的背影離去。生命就是一連串選擇的過程，選對選錯，歡喜承受。

附記：北川悅吏子編劇的日劇《Over Time》，台灣譯為《三十拉警報》。

你他媽的也是

「我和近十個男人上過床，從來只到三壘，沒有最後。」這名微醺的三十歲女子，在小酒館訴說她的性事。無關生理障礙，純為心態。「碰到的男人，有的懂性，有的懂愛，就是沒有人懂性愛。」所以她總在每一個最後關口喊卡，寧缺勿濫。

——男人的性愛學分需要啟發，需要教育，而導師就是女人。不是每個男人都有幸被女人開導，不是每個女人都有這種自覺可為人師。

——這是這個話題的結論。

我們試著搜尋相關的話題電影而不可得，直到《你他媽的也是》（*Y Tu Mama Tambien*）的電影畫面浮現腦海。儘管這部墨西哥影片的熱情陽光，和酒館裡黑管演奏的慵懶憂鬱，調性不搭，儘管片中青少年的生猛勃發，和我們前後中年的瞻前顧後，氣質不類，但還有什麼比它更貼近這次性啟蒙的談話呢？

別怪片名不雅，有什麼譯名比《你他媽的也是》更妥切？別怪性愛鏡頭太露骨，有什麼方式比縱情放性的呈現更貼切？

這樣看來，那兩名即將讀大學的胡立歐跟登諾，是幸運的。和許多十七歲的大男孩一樣，在充滿未來也布滿未知的矛盾裡，過度活躍的荷爾蒙，牽引著找不到宣洩出口的情緒和情慾，同儕效應讓他們還在轉大人卻急於宣示已經成人，哈啦，打屁，對性事好奇。胡立歐跟登諾這對死黨玩伴，在女友分別出國的漫漫長夏，邂逅了大他們十一歲、登諾的表嫂路易莎，他們共同開車到某個其實是泡妞瞎掰出來的「天堂之口」海灘。

對胡立歐跟登諾來講，路易莎是獵物，卻好歹也是長輩。莽撞青少年遇到成熟性感的女人，欲進還退，想多於做，最後還是路易莎主動勾引登諾，不管是為了報復老公偷腥還是追求女性自主。然後又為了安撫吃味的登諾，路易莎和他公然以車為床。於是登諾、胡立歐的哥兒情誼在爭風吃醋中變質，兩人爭吵，相互爆料早已和對方女友暗通款曲上過床。路易莎為他們的幼稚失和而不耐，一度負氣離開，自此路易莎從怨婦形象轉為大姐頭的身分，不但教訓他們：什麼兄弟義氣，什麼信條守則，根本是玩假的，也和他們分享性愛的感覺，告訴他們性愛的技巧。他們先前虛構的風流史，吹噓的床戲雄風，和路易莎真槍實彈之後全部洩底，路易莎錄影轉播般分別訴說他們床上的糗事。他們互相揶揄，不避諱，不惱怒。路易莎教他們少自慰，才能持久，教他們對性伴侶口交時要細膩，不要像吸布丁一樣狂猛。他們舉杯，高喊口交萬歲，在酒精助興下，三人共度浪漫而狂放的夜晚，彼此探索軀體的每一種感覺，登諾和胡立歐也相互擁吻，未曾有過的經驗。

勢必有人問，可不可以畫面不要那麼令人瞠目?可不可以對白不要那麼令人結舌?不行，別部電影不管，這部《你他媽的也是》非得如此這般的坦率開放，否則非但有負路易莎的循循善誘，也愧對路易莎的自然不拘。打從這一行人邁向不著邊際的目的地，便具備公路電影尋尋覓覓的特質，尋找出路，也尋找自己。整部片子帶著青少年成長喜劇的基調，連性愛鏡頭都洋溢著喜感，即使最需要打馬賽克的部分也給人褻玩而不猥褻的印象，難怪榮獲威尼斯影展最佳劇本&最佳新人獎、歐洲影展最佳外語片、墨西哥年度票房冠軍、金球獎最佳外語片提名等殊榮。

性不是征服，不是炫耀，不是比大小，比長久，不是前仆後繼、橫衝直撞。簡單的道理，了解的男人卻不多。感覺敏銳的女人，如果不能自覺，不能像路易莎大聲說出來，讓以性姿勢為性知識的男性自覺，兩性關係怎麼會融洽?這場談話在這個義正詞嚴的宣示中結束。眼前這名三十歲女子，醉意更濃了，在小酒館，嘆了一聲，「原來還是我自己的錯?非要這樣眾裡尋他千百度嗎?」她嘟嘴，下巴靠在几上，眼一瞟，別過頭，若有所悟又略帶促狹的說:「咦，你怎麼這麼懂事?你要不要……」拜託，這女人醉昏頭了。

從好屌到屄屄舞曲

幾年前，媒體出現一則廣告：「ＭＴＶ音樂台，好屌！」

這是廣告創意人孫大偉為ＭＴＶ有線頻道所作的廣告。

廣告詞配上一位仁兄下體垂吊重物的廣告畫面，下體用塊中央檔布遮著，十分逗趣，卻也氣煞衛道人士。奇怪的是，新聞局倒沒講話。

不少人罵孫大偉，他說：ＭＴＶ音樂台是年輕人看的音樂頻道，廣告當然要說年輕人的話。

原來用的是「音樂是有重量的」。但這樣沒有創意，不能吸引年輕人，要重就重到底，於是搬來嫪毐（念成「路矮」，見《史記》）的神功，以好屌吊重物。廣告發想源自於此。

更怵目驚心的在後頭：不久，芮河唱片公司在公車外張貼「我很想㪘你」的「尻尻舞曲」廣告。（尻尻，念成ＢＢ）

人人電台在台北西門町圓環登看板廣告：「沒有了女人，男人屌什麼？」

如果電視頻道、電台和唱片等和性產業關係不大的產品，都用性暗示，不，根本就明白用性表示，那麼藥酒和性產業相關產品，充滿性喻的畫面和用語，也就順理成章。

有張廣告畫面，可能是酒類吧，女主角唇舔瓶口，泡沫從口邊流出，嘔，那畫面像極了……像極了電影《感官世界》女主角阿部定常做的一個動作。

君不見當下有線電視的色情電話廣告，以及以前《自立晚報》的色情方塊廣告，是如此這般的活用文字的雙關語——同音字，比起五百年來前三名的李敖，和善玩文字魔術的余光中，不遑多讓。

就這樣，器不分陰陽，人不論男女，滿街都看得到這樣的廣告和畫面，把南方朔等LKK評論家給氣壞了。

把這些創意當創意看吧，暫且撇開道德意識，否則會氣得跳腳。

魚水之歡，
有時候只是淺淺的目光相對。

性女傳奇——一個豪放女，三百個猛男

連續十小時與兩百五十一個男人作愛，是一回事。把連續十小時與兩百五十一個男人作愛的過程拍成影帶出售，是另一回事。用一套冠冕堂皇的說辭解釋為什麼要連續十小時與兩百五十一個男人作愛並且錄影販賣，又是另一回事，而且是更難的事。

一旦公諸於世，一旦現身說法，就要有個說法。如果僅是「只要我喜歡，有什麼不可以？」頂多像大島渚電影《感官世界》的女主角，隨時都要，依男主角的玩笑，他的命根子彷彿只有尿尿才得以休息。（後來尿尿也省了，「尿在我裡面，我不要你離開！」這女子說。）關起門來，做什麼都可以。宣告世人，留影存證，就不一樣了。這個說法是什麼？

安娜貝爾（Annabel Chong，一九七二～），本名郭盈恩，從倫敦到美國南加大讀書的新加坡籍女學生，雖然身材玲瓏有致，但個兒嬌小，面貌平平，看來並不起眼，卻於一九九五年一月十九日一戰成名。當日，徵召來的三百名男子，攝影機全程轉播，連續十小時，她力戰群雄，嘿咻不輟，最後以二五一人收盤。過程錄製成影帶「*The World's Biggest Gang Bang*」（世上最大集體性交），技驚全球。這位時年廿二，拍過多部A片的大學生，頓時成為全球知名的豪放女。

安娜貝爾的傳奇故事，四年後（一九九九年）製作成紀錄片「*Sex:The Annabel Chong Story*」（台譯《性女傳奇》），獲得美國「太陽舞」（Sundance）影展最佳紀錄片獎。在片中她說：

．我要打破刻板印象，女人不是被動的性物。

．就個人而言，我要探索我的性慾。

．要對男性雄風表示不屑，每次都是男人到處搞女人，而且愈多愈好，他是猛男嘛。所以我決定演豪放女，看大家的反應。

安娜貝爾不是愛唱高調的理論派，她身體力行，親身探索各種性愛方式的反應。紀錄片譯名稱呼她性女，不是蔑稱，她是性愛至上的基本教義派。她說連續十小時和同一個人做，與連續十小時和兩百五十一人做，有什麼不同？她自承即使在集體性交中得到AIDS而死也值得，中國人常講的「牡丹花下死，做鬼也風流」不是男人的專利；她在創這項床戲馬拉松紀錄時，呼天搶地，充分享受，高潮迭起，不必做戲；她性慾來襲而不得宣洩時，腳指頭會捲起來，舉步維艱；她愛極了肛交的快感，她男女皆可，她拍A片時不忌任何變態姿勢或方式，她對著鏡頭侃侃而談「三插頭」的做愛方法。——這一點恐怕是討論二五一現象時最詭譎的。她，到底是宣揚理念或是促銷A片？她是新女性主義者，還是以新女性主義為包裝的妓女？

或許安娜貝爾的友人在紀錄片的訪問可為參考。她說，安娜貝爾拍A片，緣於「對女性主義課程不爽，被女性霸權轟煩了。」而拍A片的心態是，「既然要做，為何不乾脆用來賺錢？」

這是最單純不過的動機吧。歡喜做，甘願受，用興趣來謀生，何樂不為？

不過，安娜貝爾的表現顛覆了傳統的男女性觀念。過去猛男視女人為玩物，玩好拍拍屁股走人，所謂「千人斬」，男人引以為傲。現在有女人來報仇來出口氣了，哼，三百個，大家輪著來，完事後你走，老娘我還要享受下一個男人。像女人召牛郎一樣，雖然表面上男的占到便宜，但女人主動要求，訂定遊戲規則，男的只能被動配合，誰玩誰還不知道。

因為別有意義，動機如此單純似乎太可惜，安娜貝爾企圖戴上女性主義的冠冕，在學術研討會，在電視訪問節目裡，她透過演說、辯解，嘗試建造一套理論。但顯然不太成功。

為了凸顯女性的主體，安娜貝爾修改記憶，篡改史實。她在幾年後接受訪問，記者寫道：

郭盈恩原先的目標是三百人，最後卻只達成兩百五十一人的紀錄。郭盈恩說：「沒辦法，他們都是業餘的，不少人看到這麼多人在圍觀，同時還有攝影機實況錄影，嚇得那話兒都沒辦法舉起來了！」因為男人不爭氣，使得郭盈恩對最後的紀錄多少有點遺憾。（〈郭盈恩　從天主教徒到色情天后〉《中國時報》2000/2/14王良芬專訪）

這段說辭顯係謊言。紀錄片拍攝到一段實況，在進行到第兩百五十人後，擔任現場指揮的導演遺憾的宣布，事先規定不得留指甲、戴戒指、項鍊等金屬飾物，避免安娜貝爾在性交過程中受到傷害，但不幸的事情依然發生，安娜貝爾受傷了，只能再做一個人。堂下發出嘆息聲。

換句話說，未達到預期的三百人，和男人舉不舉無關。紀錄片顯示得很清楚，導演早有明確要求，一次開放五名男子到床前，下一號待命時先觀戰自慰，以免臨陣不舉。安娜貝爾翻案，無非用來證明先前她說的「要對男性雄風表示不屑」。

看得出來，安娜貝爾不惜說謊，意圖「成一家言」，但不成功，除了理論建構本就不易，太多盲點也待釐清：我們看不出來她在名滿天下之前、之後所拍的A片，和傳統A片物化女性、剝削女性以滿足男性觀眾的作法有什麼不同；我們很難理解，有多少女性可以像她那樣，不必前戲愛撫，不必事後擁抱就有高潮，且能滿足。

當安娜貝爾向母親告白，母女對泣，她發誓一定會為母親爭口氣，她問：「妳相信我嗎？」「當然相信，否則我怎麼活到今天呢？」母親答說。很感人的一幕，只是我們懷疑，她要爭的是怎樣的一口氣？

紀錄片終了，以安娜貝爾回到色情工業為結。她繼續拍大膽的A片。這一口氣要爭什麼？更讓人疑惑。

安娜貝爾的紀錄很快就被打破。一名脫衣舞孃輕易的打敗了安娜貝爾。但安娜貝爾開風氣之先，足以在情色史名垂千古。有沒有後續發展，不得而知，或許還會有性學研究者繼續探索，甚至某些研究民族文化、宗教的學者，為安娜貝爾來自新加坡保守的天主教家庭這一背景而感興趣。不論如何，世人都不該忘掉安娜貝爾在紀錄片裡這一番夫子自道：

我想投射出性慾的力量，我想鼓吹性慾的重要性。我們的性慾和男人一樣強，要是妳忠於自己，做個真正的女人，就不必畏縮害怕，你可以隨心所欲，不管是不是上二百五十一個男人，你都會追求並得到妳要的東西。

貓在鋼琴上睡著了，
小犬在書堆旁睏醒了。

我和校園歌曲的愛怨情仇

我必須承認，對於校園歌曲，我素無好感，儘管它是懷舊篇重要的一章。

我指的是一九六六年起，以「金韻獎」、「民謠風」為名，由新格、海山唱片公司出版的創作歌曲，有別於先前蔚為風潮、引起爭議的「現代民歌系列」——包括楊弦、吳楚楚為主的「中國現代民歌」運動，以及李雙澤為代表的淡江／夏潮民歌路線。

如果不了解「現代民歌／校園歌曲／校園民歌／創作歌謠」的脈絡源由，對上述分類之說，恐怕大惑不解，畢竟後來全攪和一塊了。別說後生晚輩追索困難，即使稍有年紀的朋友，話說從頭，也不盡然說得清楚。它悄悄的萌芽，發展，茁壯，死亡，就這樣來了，就這樣走了，只留給世間幾首歌，朗朗上口，回味無窮，如此而已。

全部攬和在一起是有道理的，它們擁有共通的歌手形象：自彈自唱自己創作，形象清新，不濃妝艷抹，不擺弄設計過的pose。所創作出來的歌，即使情歌，表現方式也迥異於一般的流行歌曲，更不用說這些歌曲的題材寬廣得多。

可又有極大的差異。楊弦等諸先烈華路藍縷，以啟歌林，縱的要和中下層民眾深愛的國語流行歌曲，以及知識份子痴迷的西洋歌曲抗衡，橫的又要面對音樂界的質疑、否定和奚落。我多次讀到相關報導，這些創作歌手，在掌聲和噓聲的夾縫中，不斷的在思考，在探索，在創作和理論間，眾裡尋它千百度，什麼是中國，什麼是現代，什麼是民歌。也許是楊弦，也許是胡德夫，或吳楚楚、韓正皓、陳屏，也許是敲邊鼓的陶曉清、余光中等人。他們開路，藉著幽渺的星光，探測方向，尋找定位。成績容或不盡理想，卻懷抱巨大的理想和夢想。

比較起來，金韻獎系列出身的歌手幸福多了，一切由唱片公司打理好，不用理會歌曲的社會現實意義，不必背負民族主義的包袱，不必處理諸如意義宗旨、定位名稱、運動方向等惱人問題，更不必擔心創作出來的歌曲被譏評為既不現代，又不中國，也不民歌，因為唱片公司經過創意發想，為這類歌曲命名為「校園歌曲」，避開所有可能的爭議。漸漸的，化異求同，這類年輕朋友彈著吉他，自行創作的歌曲，管他是現代民歌或校園歌曲，一律統稱為校園民歌。用公式標記，是這樣的：【金韻獎＋民謠風】＋【中國現代民歌＋淡江夏潮】＝【校園歌曲】＋【現代民歌】＝校園民歌。（除了金韻獎、民謠風，還有若干唱片公司推出同型產品，分一杯羹，但多屬散兵游勇，不成氣候，茲不論。）

校園民歌模糊了現代民歌和校園歌曲的分野，而校園民歌和流行歌曲的界線也逐漸模糊。（這時出現一個名詞，叫「創作歌謠」。）許多「民歌手」出現在秀場，和紅牌歌星同台，某些流行歌手則以改裝成民歌手的形象出發，如潘安邦、銀霞、李碧華、黃仲崑、劉藍溪。這樣子「胡漢通婚」的結果，提升了流行歌曲的素質，但民歌運動也消沈瓦解，成為許多人的回憶。

我對校園歌曲懷有敵意，想來和這段發展有關吧。看到一個個市場導向、主流包裝的民歌手，躍為民歌運動的代言人，看到被譏評為「新風花雪月」的校園歌曲，變成後人心目中民歌的代表作品，我總覺得十分不對勁。

於是有些不食人間煙火或無病呻吟的創作歌手，便成為我訕笑的對象。諸如咱們的校園民歌創造了一隻全世界最長命的蟬，這隻蟬號稱「秋蟬」——「聽我把春水叫寒，看我把綠葉催黃」、「誰道秋下一心愁」、「我這薄衣過得殘冬」、「春走了，夏也去，秋意濃，秋去冬來，美景不在，莫教好春逝匆匆」。從這幾句看來，這隻知了至少春夏秋冬活過一年，還能活多久不知道，只知道牠足已列入金氏紀錄。不像一般的蟬，在地下蟄伏七年或者更長更短，某個夏日出土，上樹，風乾，僥倖不被吃掉的，才有機會神氣的鋸著夏天，平均七天，便結束了一生。

還有創作者歌詠溪邊自在飛翔的白鶴，經友人告知，恍然大悟，原來誤把民間習見的白鷺鷥當成白鶴。幸好及早發現，才不會白鶴滿河邊。

或許是知識份子本位的潛意識作祟吧，我怪校園歌曲掠奪了民歌運動的資源，怪校園歌曲讓民歌運動向下沈淪，怪校園歌曲甘於商業主導。但我忽略了，藉由校園歌曲和流行歌曲的結合，改變了一些流行歌曲的表現方式，打破過去靡靡之音的刻板形象。流行歌壇的體制內改革，竟誤打誤撞的展開，這不也是美事一樁？就在論戰漸歇，校園歌曲取得民歌運動發言權，融入流行歌曲後，我當兵去了，流放離島，有一天聽到民家的收音機傳出一團吶喊嘶啞的歌聲，比Bob Dylan還難聽，咬字比楊弦還不清，可節奏讓我亢奮得入夜難眠，我憑空猜測可能的演唱者。是的，從金門批貨而來的盜版錄音帶證實，就是他，流行歌曲也有這樣等級的歌手和作品，他是羅大佑，管你西洋腔還是中國調，管你校園還是工廠，管你民謠還是流行歌，他就這樣唱了，台北不是我的家，我的家鄉沒有霓虹燈……。我無以研判，如果民歌運動和流行歌曲一直分道揚鑣，今日的流行音樂會是什麼面貌？羅大佑、陳昇、李宗盛、陳明章、林強、伍佰、陳珊妮、鄭華娟、張洪量、黃舒駿、陳小霞、朱約信等令人敬仰的創作歌手，會以什麼形象什麼作品呈現在我們面前？

校園民歌的黃金時代，廣電媒體不時傳來這類輕飄飄的歌曲。有人不喜歡「輕飄飄」

這形容詞，那就用「清新自然」吧。好幾首校園歌曲我很喜愛，多年來，想唱歌時總會脫口哼唱，但也有更多的校園歌曲讓我不耐，頗有折磨耳神經的不快之感，然而這不是我對它不懷好意的主要原因，而是夾雜著更多複雜的情緒，前面所述恐怕不盡達意，因為好些潛意識連自己也不甚了了。

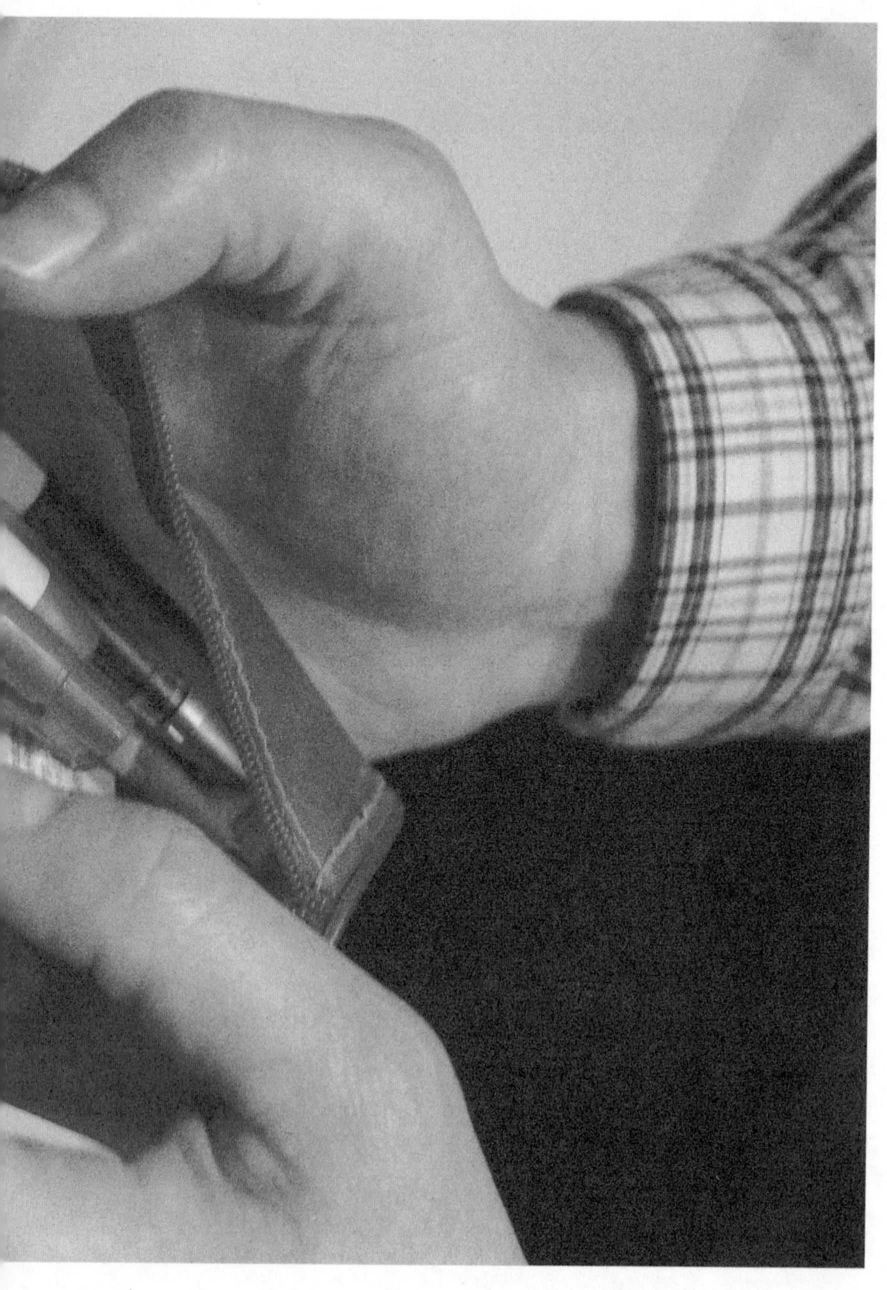

現在不用電腦打字，已經不成篇章，
但信手塗鴉的自我和自在，
你乾杯我隨意的樂趣，
無法被取代。

洋腔洋調唱民歌

弔詭的是，七〇年代民歌運動源起於「中國人唱中國人的歌」的訴求，要和時下青年唯西洋歌曲是唱的西化現象抗衡，然而，這群歌手幾乎以彈唱西洋音樂起家，他們崇尚的典範是美國的民歌手 Bob Dylan 、Joan Baez，大力推動的陶曉清是西洋歌曲節目的廣播主持人，播放、介紹並設排行榜票選的也是陶所主持的節目。大有「打著紅旗反紅旗」的意味。這樣的背景已註定會遭到反對者群起攻之。

一九七五年九月底，洪健全基金會出版楊弦《中國現代民歌集》，收錄九首譜自余光中詩作的歌曲。到年底，不過三個月，便銷售一萬張，可見受知識份子歡迎的程度。但也在該年十二月，反對的第一砲在《中央副刊》發響，隨後斷斷續續正反交戰，火力不旺，戰場不大。反對者的主要意見不外乎：民歌不是這樣的。他們引經據典，表示民歌的認定有一定條件，包括：必須產生自民間，創作者不知是誰，經口耳相傳後演變為群體創作，人人得以依情緒需要自鑄新詞，且具有群體性，為該群體分子所熟悉……。

余光中同樣引經據典回應了一篇〈民歌的常與變〉表示，透過唱片廣播的媒介，現代民歌的定義早已和傳統民歌的定義不同。雙方攻防，你來我往。創作者楊弦、出版者洪健全基金會則保持低調，遠離戰場，也未用力拓展民歌運動。直到一九七七年二月，中廣電台熱門音樂主持人陶曉清在「熱門音樂」節目播放楊弦等六位歌手錄製的歌曲，聽眾反應熱烈，陶曉清於是大力推動中國現代民歌運動，透過舉辦演唱會、在西洋熱門音樂的節目中定時定量介紹中國現代民歌、設排行榜讓聽眾票選等動作，中國現代民歌運動風起雲湧，勢不可遏，但也樹大招風，成為音樂專業人士的箭靶。

在專業人士眼中，這些民歌音樂形式簡陋，不合樂理，缺點一大堆。有人批評這些歌曲民族風格不足，沒有中國味。古典樂界出身的張繼高稱民歌發展的現況，「頗有陳勝、吳廣揭竿起義的味道」，但「真要靠陳勝、吳廣打仗是不行的」，所以必須具備「真正學院派的技巧，包括作曲、演唱。」

一九七七年十一月廿六日《台灣新生報》刊出署名永恆的一篇文章，針對一週前舉行的「中國現代民歌之夜」大力批判。他痛罵中國現代民歌「不但荒謬無比，而且污辱了聽眾」，他認為這些歌曲「不含中國的音樂語言」，即使演唱會所表演的傳統民歌，例如潘麗莉唱的〈燕子〉：

把哈薩克民族豪邁粗獷、適於男人所唱的〈燕子〉，改為平板無力的女聲；把原有的曲調加以反覆、模進，或者加上裝飾音、改為切分音、延長時值，然後一味地使用「從屬和弦（或屬七和弦）解決到主和弦」的西洋作曲手法，就是「給舊有傳統的民歌賦予了新的生命嗎」？

永恆質疑，民歌不該只限於一些知識份子彈彈唱唱，而選唱的〈燕子〉、〈小白菜〉、〈丟丟銅仔〉至少是七十年前的作品，不是現代的歌曲，至於歌手唱腔：

大部分演唱者是用「喊」用「呻吟」，而不能叫做「唱」。教育局核准的音樂課本是這樣唱法的嗎？〈青海青〉〈蒙古牧歌〉加上搖滾就是民歌的「新面貌」嗎？（引自《誰在那邊唱自己的歌》，張釗維著，果實出版）

「中國現代民歌」就這樣被打成既不中國，又不現代，也不民歌的亂臣賊子，沒有正統音樂加持，充其量成為陳勝、吳廣，難成漢高祖的氣候。唱自己的歌、廣受時下年輕人喜愛等時代意義，顯然不構成值得推動鼓舞的理由。

可惜正統音樂界砲火猛轟之餘，並未親身示範，怎樣的歌曲，既符合現代，又合乎中國音樂語言。不過說實在的，要這批滿腦子西洋音樂的創作歌手，一下子生產出具有中國風味的作品，實非易事，畢竟他們所要追尋的，所要強調的「中國」、「民間」、「土地」等意象，都脫胎自美國現代民歌，創作的養分也源自美國民歌，而非傳統的中國民歌。

楊弦濃厚的西洋色彩，莫說反對派人士不喜歡，同為民歌運動創作者，如李雙澤，也不見得認同。

李雙澤曾直言他不喜歡楊弦的作法，他認為楊弦加進太繁複華麗的旋律，太具有西洋音樂的色彩。但擺脫洋腔洋調談何容易？李雙澤創作時，據王津平的說法，他：

腦筋裡都是 Bob Dylan 的旋律……沒有完整的（中國的）音樂語言……，但是這種（中國的）音樂語言又跟當時年輕人所喜歡的音樂語言是扞格不入……，甚至是 irrelevant 的。（引自張釗維「王津平 1990/11/14 錄音訪問」）

不只旋律，唱腔也像 Bob Dylan，粗獷，不加修飾。李雙澤的創作困境，顯露出那一代創作者的成長背景所帶來的限制。

然而最可貴的地方不就在這裡？民歌手一路摸索，不斷實驗，希望突破成長背景的限制，找出最好的方向，這種過程最是令人動容。

尤其李雙澤，這個愈來愈少人知道的名字。七〇年代台灣的民歌運動，雖然都以美國民歌運動為師，真正繼承其中的反抗精神，和土地、民間等民歌意涵最接近的，其實是李雙澤／楊祖珺這一系。

同為堅持「唱自己的歌」，相比於楊弦這一路的歌手，李雙澤崛起的過程充滿傳奇，抗爭色彩更濃厚。

楊弦第一張「中國現代民歌」唱片問世同一年的十二月三日，淡江文理學院（今淡江大學）舉行一場演唱會。這類演唱會一九七三年起淡江每學期舉行一次，雖以民謠為名，曲目卻多為美國流行歌曲及六〇年代以後的民歌（Folk Song）。當晚，一名菲律賓僑生手持可口可樂，質問台上的歌手和主持人陶曉清，他在國外聽的是美國歌曲，喝的是可口可樂，回到自己國家，喝的還是可口可樂，唱的還是別人的歌曲，「我們的歌呢？」

陶曉清反問：「不是我們不唱自己的歌，只是請問中國的現代民歌在什麼地方？」

他引用黃春明在《鄉土組曲》一書裡的話回應：「在我們還沒有能力寫出自己的歌之前，應該一直唱前人的歌，唱到我們能寫出自己的歌來為止。」

於是他唱起〈補破網〉、〈恆春之歌〉、〈雨夜花〉等台灣民謠，掌聲共噓聲四起，他激動的吶喊道：「你們要聽洋歌，洋歌也有好的。」隨即他又唱了Bob Dylan的〈Blowing in the wind〉，（也就是余光中仿作成〈江湖上〉一詩的著名民歌。）然後氣沖沖下台。

他就是李雙澤，淡江學院畢業，剛從西班牙、美國遊學回國，生性害羞，據說那晚灌了兩瓶啤酒才壯足了膽上台抗議。

拿出作品來！光說不練是不行的。陶曉清反問「中國的現代民歌在什麼地方？」那麼創作者勢必交出成績，以杜悠悠眾口。豪氣干雲的李雙澤果真埋頭創作，次年發表。

李雙澤死得早，他的歌曲傳唱便由楊祖珺代打。楊祖珺曾在電視台主持「跳躍的音符」，一九七七年九月十五日開播後很受歡迎，但七個月後楊祖珺便辭職了，因為受不了新聞局的規定——「淨化歌曲」「愛國歌曲」必須占每個歌唱節目的三分之一曲目。（這些勵志的、光明的、健康的歌曲，七〇年代氾濫成災，可怕之至，吳念真曾在小說裡用「耳朵生癌」來形容。）

李雙澤創作，楊祖珺傳唱，這一支民歌運動一路走來，異常孤寂，不像楊弦那一系列，有吳楚楚、胡德夫等歌手共襄盛舉，有廣播人陶曉清號召推動，更不像金韻獎系列，唱片公司藉由比賽，凝聚了陳明韶、包美聖、李建復、蔡琴、施孝榮、王夢麟等多到不及備載的歌手。雖然楊祖珺在戶外演唱會和聽眾台上台下唱成一片，但沒有新作新人前仆後繼，王津平（淡江講師）、梁景峰（作詞者）、蔣勳（作家）說的比唱的好聽，以致發展有線無面，十分有限。一旦左翼雜誌《夏潮》被禁（一九七九年一月），楊祖珺被封殺，運動便因失去舞台而日漸消沈。

楊祖珺被封殺是早晚的事。她離開電視界後，在台北榮星花園舉辦「青草地演唱會」（一九七八年八月十六日），為雛妓籌募基金，這是台灣第一次露天的大規模演唱會，聽眾達五六千人，楊祖珺事後才知道，她已經被情治單位扣上搞工運、學運的紅帽子。年底她為「黨外人士」、夏潮成員王拓助選。第二年五月，在王津平任教的課堂演講「六〇年代的美國民歌」，被指控散播共產思想，王津平這位在淡江以開明著稱的老師、《夏潮》成員，也因此被解聘。楊祖珺被情治人員鎖定，剛發行的專輯唱片，儘管銷售成績不惡，發行的新格唱片卻嚇得從市面全面回收。

想想真可惜，楊祖珺橫跨各路民歌創作的領域，所表演的曲目，也包括「中國現代民歌」系列，甚至不排斥和新格唱片和電視台等商業媒介合作。而這裡有不少微妙的關係。例如楊弦所演唱的詞泰半來自余光中的詩，而余光中就在一九七七年寫了〈狼來了〉，把《夏潮》這一票人打入十八層地獄。楊祖珺自然不滿楊弦／余光中所走的路線。

由於余光中的出身與背景，在心態上總殘存著老一代的心結，和年輕人的心理總有一段距離。李雙澤、梁景峰有意識地反省年輕一代的處境，具有社會意義和歷史反省的歌曲才正式登場。（《玫瑰盛開》，時報）

楊祖珺因此把李雙澤創作的〈美麗島〉、〈少年中國〉當作「唱自己的歌」紀元元年。楊弦／余光中這一支的歷史地位她是不打算承認的。

楊祖珺被封殺前，有近三年的時間深入民間，唱遍各校園、工廠、地方鄉里。一九八三年發現民歌和社會運動停滯不前，是因為卡在政治，於是參選立委，把政見會當做演唱會。在此民歌的抗議色彩更為濃烈。對楊祖珺而言，唱歌不只是唱歌，有更強的附加價值，左派的精神顯現無遺。

然而不管李雙澤或楊弦，都遭到不少批判。直到「女孩為什麼哭泣，難道心中藏著憂鬱……」之類的校園歌曲和新格等唱片公司取得現代民歌的發言權，來自嚴肅音樂界的火力，也自然停歇了。

不知道當初大力抨擊「中國現代民歌」的人士，如何看待民歌運動被唱片公司全面收編，並納入流行歌曲體系這個結果。是後悔未能以鼓勵代替責備，導致民歌運動漸漸變質湮沒？或者慶幸「中國現代民歌」消失得早，不致「動搖國本」？

孔夫子一句「必也正名乎」，千百年來，多少論戰，為名詞的正統地位而爭議不休？我們無從追問，如果起初用的不是「中國現代民歌」這麼冠冕堂皇的名稱，反對者會不會樂觀其成，樂見通俗音樂多了這股清新的力量，而不忍批判？

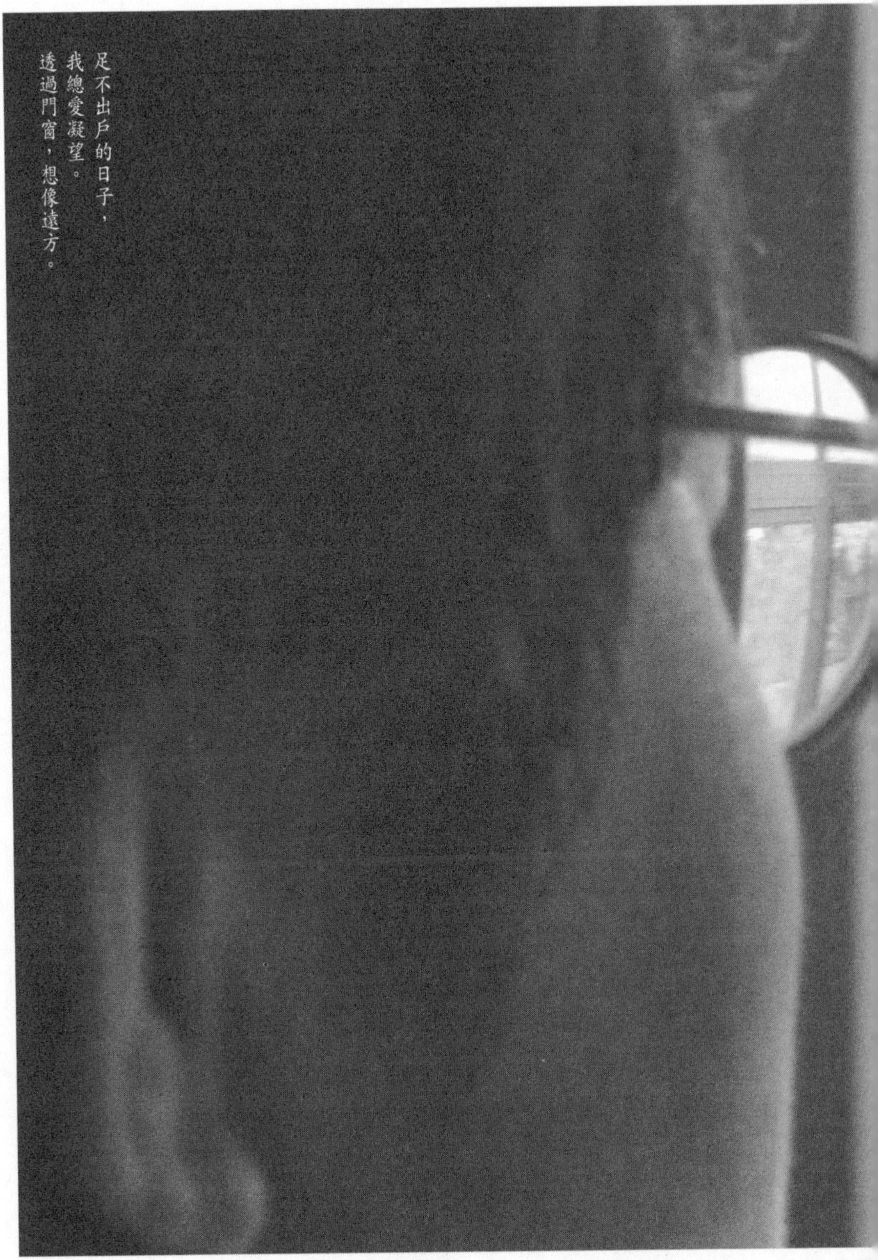

足不出戶的日子，
我總愛凝望。
透過門窗，想像遠方。

這個世界，一九八七——我所懷念的蔡藍欽

真該感謝蔡藍欽。一九八七年，《這個世界》的專輯，即時填塞了羅大佑消逝後流行歌壇的局部真空。只能說局部，因為羅大佑詞曲的縱深和寬廣，說實在的，在台灣還無人足以取代，更何況蔡藍欽這等青嫩年歲。

但也夠了，能夠盼到蔡藍欽，我心滿意足。三年來尋尋覓覓，盼望能找到一位歌詞裡有詩味的創作歌手。像羅大佑。

黑衣捲髮的抗議歌手，在一九八四年推出《家》專輯後，便飄洋過海到美國。媒體間

或傳來他的消息，卻不曾再聽到他的作品，除了特地回台所譜的八股歌曲〈明天會更好〉。

我有說不出的失落與焦慮，情緒無法排解。同儕很少人像我這樣沒出息，長期哼唱國語歌曲，他們不是流連於西洋音樂，就是忘返在校園民歌。對我而言，前者有語言障礙，詞意難以體會；後者發展多年，早已向下沈淪。我總盼望著我慣聽的國台語歌，除了動人的曲子之外，歌詞還能有點什麼。

羅大佑來了，羅大佑走了，然後我開始尋尋覓覓，找心目中的接班偶像。李壽全吶喊有餘，感動不夠；鄭華娟功力夠深，卻少了批判的力道。空白了三年，我盼到了蔡藍欽，在一九八七年二月，民進黨組黨了近半載，民間力量方興未艾，整個島嶼即將變革的時候。

我相信蔡藍欽若不早逝，他的作品必然日臻成熟，不會只停留在對教育的批判，觸角也將伸向校園之外。然而這一切只是假定，也成為永遠的缺憾。唱片錄製完畢一週，這位吟遊詩人在洗澡時休克，心臟麻痺，不再跳動。

不知是否健康因素，蔡藍欽的唱腔有點上氣不接下氣，像張洪量，但你可以感覺一股不平的氣要從他的體內衝出來，衝破音符，衝破束縛。然而，衝撞開來後卻是一陣茫然，沒有羅大佑的憤怒，只多了幾分無奈。

或許我早已變得非常盲目，否則怎會和陌生人走著同樣的路，這是條別人早就鋪好的路，我怎能知道它將通往何處。

——蔡藍欽這麼唱著。

真該感謝蔡藍欽，唱片推出時便已過世。雖然每次聽他的歌，總傷懷於他的英年早逝，但總比出片後某一天某一年，突然傳來噩耗帶給歌迷的衝擊來得好。不要像王默君，像薛岳，像鄧麗君、艾維斯普里斯萊、約翰藍儂……，猝逝的陰影，常盤踞我心頭，敏感，不解。

十四年來，媒體鮮少提到蔡藍欽的名字，唱片公司也不曾舉辦過任何活動，可是他的專輯始終很容易在大小唱片行找到，這是罕見的現象，在台灣我還想不出第二個例子。我相信有一群人，始終在默默紀念他，口碑相傳，讓他在競爭激烈的市場立足不仆。

附記：蔡藍欽，一九六四～一九八七。

當張洪量不宏亮

羅大佑、陳昇和張洪量的共同特色，不單是同屬滾石唱片，不單是創作歌手兼製作人，他們都熟稔市場法則，懂得用商業機制包裝創作理想。每張專輯至少以一首情歌為主打歌，淒美的歌詞，動聽的旋律，副歌尤其醉人，適合KTV點播。然而，主打的情歌明修棧道，另類的、批判的、前衛的、甚或吵死人的作品卻暗渡陳倉，藏在裡頭。

於是「一張專輯，各自表述」。透過傳媒大量複頌美美的情歌，專輯可望立於不敗之地。包藏貨心的另類作品，識貨的老主顧自然知道，不必太多廣告，靠口碑，靠品牌就夠了。消費者各取所需，歌手在主流市場展現邊緣性格，這也算新中間路線吧！

嫌〈鹿港小鎮〉太吵？羅大佑同時給你〈戀曲一九八〇〉；怪〈愛人同志〉不夠柔美？〈戀曲一九九〇〉迷死你。〈戀曲二〇〇〇〉豁出去了，詞意生澀，不再朗朗上口，那張專輯掛了，羅大佑 made in Taiwan 的國語唱片市場競爭力萬劫不復，直到現在。

張洪量不想當烈士，轟轟烈烈引爆然後掛掉的烈士留給勇者去做。幾年前他推出〈情定日落橋〉，不知讓多少洪迷失望，新菜上桌平平庸庸，冷飯重炒隨隨便便，四首新歌沒有新意，其餘暢銷舊曲剪下貼上，未重新編曲也未重錄。張洪量的說法是：「我不想成為一位做完一張轟轟烈烈的專輯，便壯烈的在這個惡性循環的市場中被犧牲的創作歌手，我還有未來十年、二十年甚至更長遠的音樂道路要繼續下去。」

張洪量很清楚，必須以部分妥協換取生存，適者先存，才能走更長更遠的路。予豈好俗哉，予不得已也。張洪量似乎不在乎偉大的流行音樂評論者怎麼看他的「墮落」，只要能證明我日落不是墮落，而是為了明日的日出，就夠了。畢竟張洪量創作過〈祭文〉、〈孔子不要打我〉、〈相思三態〉等歌曲，有這些作品背書，誰敢說他辦不到？

因此，當翁嘉銘說他聽〈美麗花蝴蝶〉、〈心愛妹妹的眼睛〉，為張洪量作出這樣濫情的語句、通俗的曲式和矯作唱腔而大感可惜，我沒有同仇敵愾；當翁嘉銘認為張洪量不易定位，「在於他擁有歌曲創作的多種可能」，我不太同意。我覺得張洪量是深諳市場操作策略、做過生涯規畫的歌手。

現實環境會讓人義有反顧，情有可原。以退為進是妥協，是策略，重點不在「退」，而在退之後能否「進」。一如陳昇，〈你讓我哭〉，俗濫至極的詞曲，讓昇 fans 聽了想哭，但是想到這首主打歌後頭跟進的〈光明凱歌〉、〈西門浪子〉，了解陳昇的用意之後，便不哭了。

寫到這裡，啊！尖酸刻薄的我，怎麼年紀大了這般溫柔敦厚？是失去了批判的勇氣，還是體會到進退哲學？這麼說好像為誰來解套。——為理想性格急遽流失的民進黨官員，為好書爛書同時推出的出版社，為金沙和泥沙俱下的職業作家，或者為自己？

最近睡前聽張洪量的《有種》。只要有種，偶有斷柯殘莖，亦無妨。

【流散頁碼】

你逗秋雨，秋雨鬥你

早就聽說余秋雨被揪出文章裡有一百多處錯誤，且出版了簡體字版。起初我興趣缺缺，想起近幾年中國書市興起的批判風潮，名不見經傳的作者，一個個冒出來，緊咬某位成名作家，一批成名，躋身作家之列，張牙舞爪，令人反胃。

我一度懷疑該書作者金文明也是同一掛的，大概是指控余秋雨擔任「文革打手」的後續火力。直到遠景發行台灣版，透過《聯合報》報導，我好奇的在網路搜尋相關資料，讀到金文明的訪談，讀到書摘，讀到余秋雨的答辯，終於了解如果被批鬥的中國作家集攏為一張箭靶，余秋雨會成為箭靶紅心的原因。在余秋雨強詞奪理的答辯中，在余秋雨扣帽反咬的回應中，我看到文化人很壞的一面。虛矯有餘，虛心不足。浪漫的文風、傲慢的作風。

且看余秋雨對於誤用「致仕」一詞的辯解。

余秋雨在《山居筆記・十萬進士》寫道：

大量中國古代知識份子一生最重要的現實遭遇和實踐行為便是爭取科舉致仕……。

顯然，余秋雨把「致仕」當做「獲得官職」的意思來使用。從字面看來，「致」是「獲得」，「仕」當動詞用是「當官」，當名詞用是「官職」，合起來就是「獲得一官半職」，有什麼問題嗎？

有的。問題在於「致」又有「歸還」、「辭去」的意思。自古以來，「致仕」只有一解，就是「辭去官職」。

台灣學子何其有幸（或不幸），聯考引導教學，高中國文課本的作者欄不得不細讀，「致仕」兩個字前後出現好幾次，於是我們明白它的意義，指的是古代官員年老退休。

有過則改，無則嘉勉。本來用錯字詞、寫了別字，沒有什麼大不了，但看余秋雨如何回應：

……從兩千多年前的儒學典籍起確實有把退休說成「致仕」的，因為在「致」字的很多含義中，有一個接近於「歸還」；一個人歸還官職、祿位給君王，那就是退休。但這是早已不用的古語，而「致」字的常見含義是達到、給予。我並不是在文章中講解某個古代術語，而是在用現代話語寫現代散文，因此必須服從現代規則，豈能將退休說成是把什麼「歸還給君王」。古詞變義，比比皆是。在現代寫作中，雖是一些同樣的字，卻完全可以不去考慮它們的古義。例如我們今天寫「行走於大野荒原之間」，不必考究在古代經典中「大野」是指山東巨野縣北的湖澤。這個問題，胡適之先生在五四新文化運動之前就有不少主張和實踐，清楚地劃分了「死文字」和「活文字」的區別，建議金先生去認真讀一讀。

嗚呼，硬拗到這種程度，胡適不從墳墓裡跳出來再死一次才怪。如此讓人嘆為觀止，咱《古文觀止》也不用念了，從此字詞大解放，語文大翻新，國文老師放假去，作文不必再批改，一切依字面的意思，想當然耳，跳過約定俗成的過程，自己認定了就算，愛怎麼用就怎麼用。且看以下句子：「我的母親徐娘半老，風韻猶存，每天忙著房事，她講話口吃，常含著那話兒吞吐。」

誤用成語君莫笑。余秋雨昭告我們，「要用現代話語寫現代散文，因此必須服從現代規則」，這不就是範例嗎？

順著閱讀余秋雨其他的辯駁，只讀到滿紙怨懟。自己錯了沒有？沒有。都是出版社的錯，校對不精，害他背了黑鍋；都是電腦打字的錯，很多冷僻字造不出來，用了別字；都是金文明的錯，有些孤本祕笈，金文明沒讀過，少見多怪；都是讀者的錯：

書中列出的文史錯誤，許多只是「文獻考證版本的不同」，然而一般讀者「一一對照

版本，二無充分的文史背景知識」，很容易便被作者唬弄了。（二〇〇三．九．三《聯合報》）

都是其他批評者的錯，文史差錯，有什麼大不了的？這是「記憶性文化族群對創造性文化族群的一種強加」，而且：

年輕人熱愛文史知識不錯，但是大量非專業的年輕人沒必要過度地沉溺在浩如煙海又真偽難辨的古代文史細節間。因為這樣做既是個人的不幸，也是中國文化的不幸。

總之，都是別人的錯，就算自己有錯，外人也不能批評，否則就是中國文化的不幸。真的都錯在別人嗎？好奇心起，本來不想看的書，買了。

還算好看。沒有原先擔心的紅衛兵殺伐氣燄，反而透過金文明引經據典、深入淺出的文字，上了一課文史補充教材。

金文明這本二十二萬字的《石破天驚逗秋雨——余秋雨散文文史差錯百例考辨》，引用一七〇種古籍，舉出余秋雨《文化苦旅》、《山居筆記》和《霜冷長河》三本散文集中一二六處差錯，七個有待商榷之處。有幾則說實在的，或一時疏忽，或手民誤植，情有可原；有些本有爭議，無可厚非。但扣一扣，卻仍有太多則錯誤。其中不少屬於文史常識，已脫離「細節」的層次，失手之處，足以暴露出作者文史底子不足和態度粗率的毛病。例如，堯的女兒兼舜的老婆「娥皇、女英」，變成舜的女兒；例如，道士呂洞賓變成道家始祖（把道教混同道家，是另一個大錯）；例如，「不能設想，古希臘的雅典沒有亞里士多德，……法國大革命時期的巴黎沒有雨果。」偏偏法國大革命時期，雨果還沒出生。

這一則更離譜：「一次他（阮籍）漫不經心地對司馬昭說：『我曾經到山東的東平遊玩過……。』」魏晉時期哪來的山東省？《晉書》原文但說「東平」，到了余秋雨筆下卻變成「山東的東平」。

余秋雨還寫了一位名叫「錢俶常」的人物。錢俶常如何如何，寫得非常順手。但錢俶常是誰？不是誰，正是五代十國時期的國君錢俶。這個「常」字怎麼衍生出來的？金文明翻遍史籍，找到答案，原來《龍華志》一書有句：「吳越忠懿王錢俶常夜泊海上。」「錢俶」+「常」=錢俶常，就這樣接龍兼烏龍到底。

然而，不管余秋雨犯的是大錯小錯，不管是自己的錯或別人的錯，都不影響他的散文名家的地位，畢竟余秋雨是文學作家，不是歷史學家，他賴以起家的，是散文，不是論文。文學評價容或有爭議，卻不因引據失誤而身敗名裂，何況許多余秋雨所引用的中外書籍，所參考的文史資料，一般讀者連聽都沒聽過，遑論旁徵博引。壞就壞在余秋雨以倨傲的態度拒諫在先，以抹黑的手段還擊在後。殊不知百科全書、辭典字典也會有錯，又豈能獨責作家、學者？碰到讀者私下去信或公開為文指正，上策是聞過則喜，知錯則改，疏漏難免，謝謝賜教，不僅展現氣度風範，也結交諍友，友直友諒友多聞，不亦快哉？中策是摸摸鼻子，為了面子，不聲揚，偷偷改。（金文明在書裡坦承交代，這些錯處，「只要余秋雨改正了，這本書也就沒必要出了。」）下策是不認錯，硬拗，反擊，抹黑，扯一堆陰謀論。不幸余秋雨即行此途。甚至把台灣出版金文明的書，視為「把文化大革命送到台灣」。這和貪污入獄就高喊「政治迫害」的台灣政客有何兩樣？

余秋雨接受《聯合報》記者電話採訪時說，對於金文明提出的一百三十多個問題，決定以沈默回應。但願如此。先前余秋雨的辯駁，反擊力道強勁，說服力量薄弱，反而內傷加重。本想露兩手卻露出馬腳，本想發洩不滿卻反洩了底。正應了一句玩笑話：你不說，人家懷疑你不懂，你說了，人家確定你不懂。

據《聯合報》報導，爾雅發行人隱地建議余秋雨，在《文化苦旅》再版時刊登一小篇「說明文字」，余秋雨還在審慎考慮。啊，萬萬不可，萬萬不可。依余秋雨的行事風格，若早從善如流，根本不會惹出這麼多的風波，如果要他說明，把硬拗強辯印在書裡，明文「入憲」，對自己、對書籍、對出版社，恐怕只是更大的傷害。

附記：《石破天驚逗秋雨——余秋雨散文文史差錯百例考辨》，金文明著，遠景出版。
《聯合報》2003/09/03，記者陳宛茜採訪。

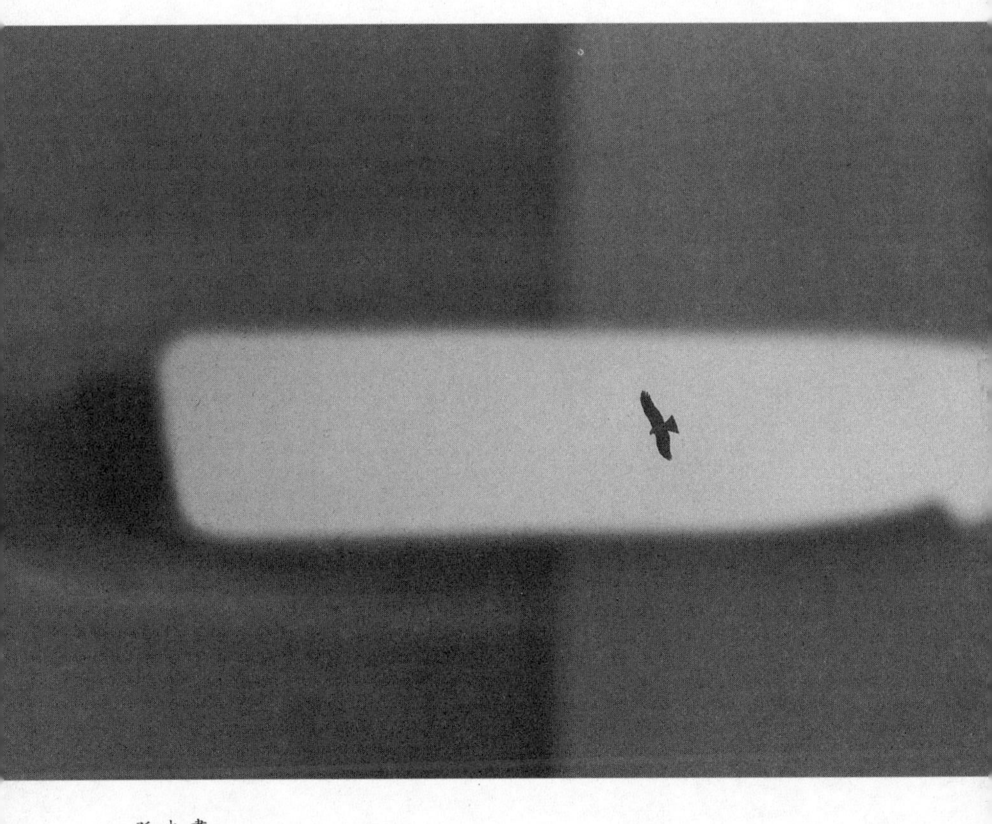

書寫者窺探這個世界的同時，
也窺見自己
孤冷如鷹的本質。

生命中不能承受之肉

Ω肉肉：

「沒什麼好害羞的，你有的我也有。」

某些特定的場景，你會聽到這樣的台詞。好比必須在同性他人面前脫光衣服，卻又扭扭捏捏；好比在三溫暖，大夥裸裎相見，獨你遮遮掩掩。此時就會有人這樣鼓勵你，開導你，解你心防。

言者諄諄，說之成理，實則似是而非。同樣頭胸腹，同樣四肢五官，但橫看成嶺側成峰，遠近高低各不同，各有各的尺寸、形狀和色澤。暴露於外的公開版，燕瘦環肥，欲蓋彌彰，只得大大方方的見見世面；包藏在內的馬賽克版，私有屬地，列管保護，只屬於自己和情人。坦誠開放，總是尷尬。

於是，一樣的肉，不同的露。有人身體髮膚，無所不露，一點也不在意；有人五花大綁，包裝緊密，向回教婦女看齊。不同的態度，或許跟身材好壞有點關係，最主要的，卻是心態。用什麼態度看待赤身露體？有人坦然，舒而脫脫兮，很難想像裸體對某些人來說多麼艱難。

Ω露露．

是的，一如特麗莎的母親，很難想像她的女兒為什麼在乎赤裸，她以為，世界不過是肉體的集中營，青春和美麗一文不值，靈魂隱形不見。因此，她在室內裸身行走，她在朋友面前放屁，她公開談論她的性生活，她怒罵特麗莎洗澡幹嘛鎖門，無視於特麗莎的繼父每次跟進浴室的舉止。

特麗莎最大的不幸，不是擁有蠻橫粗鄙的母親，不是她感受不到母親對她的愛，而是她帶著原罪，以為她的出世讓母親的生命開始挫敗。特麗莎一方面極力扮演討好母親的乖乖女，窮其一生卻在反抗母親所施加的壓力，擺脫母親給她的陰影。

特麗莎更大的不幸，是她用錯方法了，她無法突破肉體的限制，無法承受肉體的重壓。——身影形貌脫胎自母親，二者相像，彷彿母親如影隨形。她拚命攬鏡自照，企圖透過自己的身體來認識自己，渴望盯久之後母親的影子消逝，只留下自己。

這樣的念頭多少帶有弒母的罪惡感，因此每次照鏡子都是偷偷摸摸的，好像一場禁忌的遊戲。可憐的特麗莎，不能從靈魂來認識肉身，反倒是藉由肉體認識靈魂。這樣能看清看透什麼呢？對特麗莎而言，至少從母親「肉體無差異，靈魂無所見」的教誨裡出走了，這是最可貴的。

Ω喔喔·

特麗莎出走，走向托馬斯。在床上，她是托馬斯獨一無二的軀體，她以為是，她渴望是。

然而不是。

托馬斯的頭髮裡有女人下體的味道，托馬斯追求沒有負擔的ｘ夜情，而肉體太沈重了，留在床上，不要下床，不要走進生活。特麗莎的夢想被他的情色狩獵粉碎，她看托馬斯，焦點總是比眼睛高三、四吋的地方，那髮叢，那散發女人陰味的髮叢。是可忍孰不可忍？不怕精神外遇，不怕心有別屬，就怕在托馬斯眼前的肉體和其他女人一個樣，一樣的舔吻，一樣的撫觸。

所以她做夢，夢見她和一群女人赤身裸體繞著游泳池，托馬斯朝她們開槍。夢的恐怖不在於那聲槍響，而是和一群女人列隊行進，一樣光著身子。特麗莎聯想起母親不讓她鎖上浴室門，那表示你的身體和別人沒什麼兩樣，你有的別人也有，就像夢裡眾多的裸女，和特麗莎本人。更可怕的是那些女人狂歡高唱，不懼死亡，彷若在說明一件事：死亡後彼此將更加相同。生前相似，死後相同，不亦快哉！

「打不過就加入吧！」古之明訓，特麗莎發揚光大。既然不能阻止老公尋花問柳，不如要求加入獵艷行動，跟著去幽會，幫他脫去她們的衣服，給她們洗澡，帶給他。多像宮廷太監為皇上所做的事啊，她期待著，這樣她的身體將成為他的影子，成為他的助手，成為他一夫多妻生活的另一個自我。

空想只是空想，托馬斯怎麼可能答應？特麗莎繼續嫉妒，繼續自責，自責不夠強悍，不能排除嫉妒，自責看待事情太嚴肅，不能了解做愛和愛情是兩回事。她要輕盈，她要嘗試。於是她在工程師的房間，和不愛的工程師，然後奇妙的，從孩提時代拚命照鏡子要把靈魂從軀體裡分開來的渴望，實現了，她感覺工程師接觸的，只是她的身體，她的靈魂置身事外。她隨他擺布，完全被動，靈魂保持中立，不加入戰局。靈魂飄浮了起來，好像死者靈魂出竅俯視肉體，特麗莎看見自己的裸身，頭一次感到這肉體是屬於自己的，獨一無二，不可仿製，這個跟隨她幾十年卻新近發現的肉體。

哥倫布發現新大陸，特麗莎發現新肉體，其實美洲大陸早就存在，特麗莎的肉體也一直存在，只是沒被歐洲人看見，不為特麗莎所正視。特麗莎發現肉身的過程多麼遙遠迂迴，和以靈魂聖潔為開脫的賣身女子不同，和被摸被看又不會少一塊肉的酒店公關不同。特麗莎讓肉體變得過度沈重。

特麗莎可能不只一個，不只是米蘭・昆德拉小說《生命中不能承受之輕》的女主角。這個案例讓我們知道，「你有的，別人也有」，本來是肉體解放的鑰匙，卻成為特麗莎們閉鎖的門閂。

尋找查令十字路八十四號的感動、感覺和感想

翻閱久仰的《查令十字路八十四號》，沒有預期的共鳴和感動。文案、導讀和書評綿密遞傳的觸動，哪裡去了？

不是該感動嗎？一則佳話，一個傳奇，一本溫馨的小書，以書為媒介，長達二十年，彼此未得謀面的跨海情誼，歐美愛書人必讀的經典。為什麼我聽說這個故事後再讀原書，不像那些愛書人感動得一塌糊塗？

至少，《查令十字路八十四號》談書說書，總該看得大呼過癮吧？沒有。如何共鳴呢？裡頭提及的書，大都不曾聽聞，遑論拜讀？這些著作說了些什麼，魚雁往返，絕少透露。所對話的，只有某某書存貨有沒有，裝幀好不好，找到了，寄去了，帳戶餘額剩多少。儘管譯注提供類似文學辭典的功能，但字裡行間，感動不了我。

或許，故事是感人的，書卻不怎麼感人。或許，故事應該是感人的，卻不大感動我，準確的講，不大能感動現在的我。

一定有什麼邪門的理由。

溯因探源，竟和許多人所想的恰反，全拜網路之賜。透過網路，尤其「遠流博識網．綠蠹魚森林」，我讀到許多，包括傅月庵等書蟲，種種尋書因緣、師友雜憶，以及與舊書店老闆的情誼，讓海蓮．漢芙的故事尋常起來。另外，透過網路，識與不識，見過沒見過的網友、讀者，只因閱讀文章的機緣，便寄給我，送給我，借給我，許許多多書籍、CD、光碟機、掃瞄器、飾品、書籤和其他精緻小禮物。這還不包括e時代便捷的書信來往。海蓮．漢芙擁有的，我也有，且數倍於她。這些情緣，發生於被泛指為膚淺、速食的網路環境，豈是視網路如洪水猛獸的老古板所能想像？

我甚至起疑，這麼多人掩卷低迴，讀完哽咽，純粹是閱讀之後的感覺嗎？還是在知道這個故事之後，自然而然有所感思？還是，因為聽說很感人，所以跟著感動，就像一票人哄堂大笑，你身陷其中，也跟著笑，雖然不清楚大家笑什麼。

來不及泫然涕下，卻平添幾分嘀嘀咕咕，多少也和本書的翻譯有關。試看這一句：「我連加減美金都一塌糊塗了，要我把英鎊換算成美金真是阿彌陀佛。」

海蓮．漢芙是猶太人，用「阿彌陀佛」為祈禱詞，真的還假的？我心虛的想了一陣子宗教的傳播、融合、用語等等問題，然後很惱火的，在譯序裡發現答案：「我刻意做了極小的更動，……讓它更能適應中文環境。」

不能責難譯者，這是中文翻譯常犯的毛病，自以為體貼，刻意把國外的專有名詞改譯為國內用語。我永遠記得一部國語配音的美國電視影集，兩個老外對話時其中一人說：「你害我虧損了好多新台幣。」多麼適應中文環境啊。試想哪天我們在美國小說裡讀到選舉盛況的描繪時，發現這樣的譯筆：「在『阿扁，凍蒜』聲中，台下有人罵這名老榮民說：『你這老芋仔，根本是賣台集團的棋子。』」這時身為讀者應該怎麼辦？或許應該感謝譯者，激起你的好奇，引領你一窺原文堂奧，因為《查令十字路八十四號》的譯者說：「我私下盼望這個須臾的『失真』也能轉而成為讓中文版的讀者們動心發願去讀『貨真價實的』漢芙原文的伏筆。」

就這樣，感動不足、疑問有餘，我反覆閱讀這本四方叫好的《查令十字路八十四號》，拚命尋找應該有的感動，但不能昧著良心擊掌，於是寫下這篇大概得罪很多人的文章。

失業小導演的大志業

如果連自己都不願意投資自己，還怎麼要別人投資你？——魏德聖

這個人，有才氣而無財氣，有骨氣而無運氣，有堅持，有理想，有直有諒有多聞，但觥籌交錯的本領從缺，圓滑妥協的能力不足，常常和機會失之交臂，常常和成功擦肩而過。這位在朋友眼中集倒楣、失意於一身的有為青年，趁著失業賦閒，窩在咖啡廳寫劇本，並把這段期間的所思所感，從真實人生到異想世界，以日記體裁整理成《小導演失業日記——黃金魚將撒母耳》一書，時報出版。他署名小魏，從作者自介到廣告文宣到內文，都未寫出本名，或許心想，既為小人物，既然潦倒失意，名號報出來無人聞問，

不如不說。

他是電影導演魏德聖，拍過《七月天》。看過「純十六獨立影展」的影迷，對這部作品當不陌生。——七月，燥熱多雨的季節，浮躁無語的心情。父親死了，諸事不宜，棺木擺在大廳一個多月，家裡負債累累，主角少年去賭場工作。這部背負家庭債務的少年輓歌，讓小魏負債一百多萬，外加新居房貸，債務背負得更重更沈。男兒當自強，不過賺錢不易，在上一個案子和下一個案子之間，動輒出現空檔，這叫失業，勵志書或人生導師稱之為待業。

於是，小魏每天騎機車到台大旁的三十五元咖啡店，在嘈雜的環境猛寫三個劇本，把王家祥的小說《倒風內海》改編為三部曲，以荷據時期的台灣為背景，原住民、漢人、荷蘭人，三個角度，每個角度各寫一部，呈現那個時代。寫劇本成為無業的遁辭，沈潛再出發成為吃軟飯之餘的安慰，雖然這些劇本，不知道民國幾年才有機會（甚至悲觀點不知道今生今世有沒有可能）找到足夠的資金開拍。

據說這三部劇本在朋友間風評不錯，我們有理由好奇，有必要盼望，並且集中念力發功發想，天佑本片如願開拍。這麼說，是因為小魏在日記裡不時的表達對台灣歷史、對傳統人性的觀點和省思，見解不俗，想法獨到，顯露出「我思故我在」的善辯性格，表現出「我有話要說」的強烈意圖。比如，小魏說，原住民是鹿，漢人是鯨魚，荷蘭人是蝴蝶。在台灣的漢人是鯨魚，馳騁大海，看似威風，但只能浮出水面仰望天空，無法像蒼鷹俯瞰大地，所以前進後退，過去現在未來都只能在海洋。鯨的眼界，鯨的局限。

小魏又說，許多人批評台灣是海洋國家，如今海洋性格蕩然無存。小魏不苟同，他認為台灣完整的保存了海洋性格，因為人類的海洋性格就是海盜性格，海盜正是不擇手段絕處逢生的族群。而台灣人就是絕處逢生的典型族群，為了生存而自私短見，但生命充滿爆發力。

若問為什麼要寫歷史故事，尤其累人的台灣歷史故事？小魏會告訴你說他喜歡。他討厭城市，寧願活在四百年前的世界，如有前世今生，希望前生能經歷劇本所寫的那個時代，與單純相愛、單純殺戮的人一起生活。——

想像自己全身赤裸地行走在大地；想像自己為品嘗愛人的身體而苦練琴藝；想像自己擲標、射箭、撂倒獵物；想像自己砍下兩顆異族人的頭顱；也想像另一名紋身戰士手裡揚起了我的頭顱……那個野蠻的世界單純多了。

那個野蠻的世界單純多了。但是單純的世界一去不返，文明國度的野蠻卻如影隨形。不得志的小導演只好見賢思齊，在傳記裡和潦倒至極的大畫家梵谷相濡以沫。小魏始終以英雄自許，只不過這樣的英雄「無法被認同與欣賞」。在自怨自艾中，小魏想起採訪過的原住民，聽他講述當年參與霧社事件的英勇事蹟，那才是真正的英雄啊，相比之下，自身的遭遇，事業的挫敗，何其卑微。小魏想通了，做不成斷頭英雄，可以扮演關鍵性的無名英雄。轉念一想，人，又活了過來。

能導能演的戴立忍在書序說，他曾問小魏，不惜血本，用三倍於短片輔導金的規模拍片，值得嗎？小魏回答：「如果連自己都不願意投資自己，還怎麼要別人投資你？」

這句話帶種夠帥。懷才不遇的人滿街走，能投資自己的卻不多見。套「天助自助者」的格言模式，上天投資自我投資者。憑高度的自省和堅持，小魏能不能發，不知道，但肯定不會讓影迷、讀者失望，因為他敢賭注，他是敢從水族箱躍出、下墜的黃金魚。

【後記】

小魏沒有沈寂太久，他後來耗資兩百多萬元，拍出五分鐘的試看帶，準備籌資兩億，拍攝《賽德克巴萊》這部氣勢磅礡的史詩電影。二〇〇四年初，他將短片上網（http://www.seediqbale.com），向大眾集資。《賽德克巴萊》描述霧社事件中賽德克族人莫那魯道的傳奇事蹟。「日本人比濁水溪的石頭還多，比森林的樹葉還繁密，可我反抗的決心比奇萊山還要堅定，」魏德聖彷彿透過莫那魯道的陳述，宣示自己拍片的決心。

好鳥枝頭亦朋友，落花水面皆文章，
攝影齊夬，比我更能體會其中奧妙。
他老兄不知道什麼時候、什麼地點、什麼原因拍下這張照片。
合作過程，我受益良多。

夢想成真日，夢幻破滅時——顧城殺妻

一九九三年十月八日，中國朦朧詩派詩人顧城（一九五六——一九九三）以斧頭砍死妻子謝燁後自縊。

不是一對神仙眷侶嗎？顧城和謝燁鶼鰈情深，和另一位姑娘李英，在紐西蘭一座小島，過著與世無爭、棄絕紅塵的生活。三人行，二女共事一夫，無爭無怨，羨煞天下多少男性。

這麼傳奇，這麼浪漫，怎麼會是那樣的結局？

據說，顧城冰雪聰明，才氣逼人，卻也是個長不大的男人，生活能力低到極點。孩子氣的他，不懂世故，甚且憤世嫉俗，反社會，反自然。他恨為男兒身，渴望過著女性的生活。但他不是同性戀者，他痴狂的愛著女人，愛謝燁，愛李英。他欣賞這兩個女人，也欣賞她們相處的和諧。

以為歲月就這麼天荒地老。不想某日李英竟不告而別，聽說和一名外國人跑了。顧城一心構築的紅樓夢世界崩坍，他痛苦的寫下《英兒》一書。英兒，就是被他愛得快要窒息的李英。

顧城討厭男人，反男性社會。他曾藉書中男主角之口說：

·真他媽的，男人沒什麼好的。

·他要排除外界的一切，所有男人，所有男性化的世界、社會，甚至生殖和自然，包括他自己。

·他不做詩人，也不做學者，甚至不想為一個男人——所有的生長、發育都使他感到恐懼。他一直反抗著他的性別，他的欲望，所要求他做的一切，他不僅是反社會的，而且是反自然的……他無法表達他的愛，因為他愛的女孩不能去愛一個男人——他也無法繼續他的愛，因為這種愛使他成為一個父親。

是的，顧城所追求的是「像女孩那樣去生活、相愛。」他是多麼的賈寶玉。男人是泥，女人是水，所謂「凡山川日月之精秀，只鍾於女兒，鬚眉男子不過是些渣滓濁沫而已。」(《紅樓夢》第二十回)

如此重女輕男，吾人不難理解。對比彼裙釵的溫婉細緻，和陽剛世界的粗率鄙陋，陰陽對映，更顯出女人國的美好。

女兒國是詩人顧城意念中的淨土。然而令人懷疑的是，顧城真正嚮往的是什麼?是女兒國溫和平靜的境界?還是女人在「男主外、女主內」的傳統概念下，自外於社會濁世的清純?或者，潛意識裡，古代帝王般，君臨天下，欣賞後宮姬妾構築的女兒國?

依據顧城對愛情的占有和霸道，不禁令人懷疑，外表斯文、崇尚女子生活的他，會不會有個極端的男性內在？

顧城自稱，自傳體小說《英兒》是「情愛懺悔錄」，可是我們看不到什麼懺悔，更多的是指責，指責英兒為什麼離開他，不告而別，跟一位老外私奔。他用盡誣蔑的口吻，抹黑英兒，說英兒打一開始就在利用他，「她棄我是合道理，但不該利用我的真心。」「她確實有好幾顆心。這件事從根本上就有毛病。」而且她「能夠隨時改換她的感情波段」。顧城不曾想過，昔日勞燕為何分飛，為何他自認付出真心，卻有人避之惟恐不及？

和不成熟卻才情洋溢的男人戀愛，也許是浪漫的，一旦同居共處，打破距離的美感，衝突即不可免。顧城說得好：「夢是挺好的，變成真的就招人恨。」

原來，夢想不一定要實現，美夢成真未必幸福，戳破真實面向，往往那麼不堪。如果顧城和李英（英兒）的戀愛經不起考驗，那麼，謝燁呢？怎麼有一個妻子，不但容忍丈夫外遇，甚至主動安排共同生活，兩個本不相識的女人宛如姐妹，未經過什麼掙扎、談判和抗爭？

中國作家鄧曉芒在〈顧城：女兒國的破滅〉一文，鐵口直斷說，顧城的妻子謝燁「根本不愛顧城！或者說，她對顧城的愛根本不是妻子對丈夫的愛，她只是顧城潛意識中的戀母情結的對象而已。」

說謝燁不愛顧城，她地下有知，如何也不服；說愛情夾雜著偉大的母愛，庶幾近之。

說顧城這個長不大的男人，有戀母情結，也許並不為過。妻子為他掌管金錢、鑰匙、證件，幫他寫信，打理出門的衣服和襪子。因此當英兒出現後，妻子就像母親安排兒子的婚事那樣，安排顧城與英兒會面，安排他們同床共寢，甚至親自給他們拿來避孕套。

鄧曉芒分析說：

的確，顧城對雷米（謝燁在書中的化名）的「我愛你、愛你」的肉麻的表白，與其說是表達對一個異性的愛，不如說是在母親面前的撒嬌。所以那種表達與他對英兒的表白是有性質上的不同的。他稱雷米為「我的恩」，他說：「雷我愛你，我敬你呀，不是愛你，你老是不讓我走出去，我真喜歡這種安全」，「每一次我走過了，都是你拉我回來，站在安全的地方」。

顧城，這個徘徊於魔界和人寰之間的才子，本身就是孩子，沒有當父親的準備和資格，孩子生下來後，為此爭風吃醋，夫妻關係緊張，時有摩擦。兩個孩子，必須抉擇，謝燁選擇大孩子——他的丈夫，兒子只好寄養在一名毛利人（原住民）家，不在同一屋簷下生活，眼不見為淨。

謝燁被砍死後，她的母親接受訪問，說顧城從小受寵，不如意時動輒砸東西。她回憶說，婚後一年，顧城無業，謝燁去工作，顧城要她辭職，也反對她去讀書。謝燁下班，常得面對滿地碎落的玻璃片、瓦片和牆上的墨汁，那是顧城發洩的方式，謝只好辭職、輟學，和顧城常相廝守。

謝母表示，最先發現顧城的精神異常現象，起始於他們婚後。某次，因為謝燁在學校上課缺課太多，老師請謝母去勸謝燁。謝母和謝燁的大哥同去，在顧城面前提到學校，哪壺不開提哪壺，顧城氣得把手中的麵碗砸向謝母，飛碗撞及牆壁，碎裂，麵條撲滿謝母臉上，連謝大哥口袋裡都是麵條。

這樣的毀滅性格，到頭來，要自殺還找謝燁來陪，先砍死她，自己再上吊。愛的路上我和妳，黃泉路上也是我和妳。

附記：《英兒》一書由圓神出版社出版；事件當事人李英先後發表《魂斷激流島》、《愛情伊妹兒》二書說明事件真相。另有香港電影《顧城別戀》，由馮德倫主演。又，遠流出版《長不大的男人》（原名《小飛俠併發症》），可參考。

「快樂的家庭都一樣，不快樂的家庭各有各的不快樂。」
我常仰望萬家燈火，
想像每個家庭的悲歡離合。

城邦迷宮裡的暴力暗碼

張大春自稱《城邦暴力團》大概是他讀過最多以老頭當主角的書，但與其說最多老頭，不如說最多學者。張大春筆下的幫派分子，身懷絕技不說，個個學問淵源，設字謎，藏隱語，傳訊息，在出題與解題之間，構成繁複多變的小說迷宮。

小說裡的角色「張大春」批評漕幫老爺子萬硯方：

如果以他的持論來鑑賞繪畫或其他藝術品，則一切創作表現都應該是望文生義的字謎而已了。反過來說：藝術創作如果不是出自原有所本、密有所指、暗有所藏、私有所期的一套暗碼工具，便根本不能成立。我對這種索隱派的解讀策略一向是嗤之以鼻的……。

偏偏《城邦暴力團》的寫作和閱讀，必須依憑索隱派的解讀策略，否則難以為文，無以卒讀。張大春以龐雜知識為底的掰功唬技，在本書發揮得淋漓盡致。儘管受張大春多年來的啟迪，讀者對說謊、真相之類概念已有不少認知，不會輕易上當，也相信張大春寫這部小說，同樣會像《雍正的第一滴血》捏造資料出處，把蘇東坡「想當然耳」的應試技巧發揚光大。然而杜甫作詩、韓愈作文「無一字無來處」，張大春筆下典故舊聞則無一不可考，相關時事史實扣合貼密，雖然你知道他又在唬弄人，但時地人事背景全都有，不上中央圖書館翻查舊報，且用google也搜得出一串，不必你對號入座，他已經幫你畫位了，讀者不可免的又掉進「真的還假的」的疑團。

張大春設計的機密貫穿整部小說。不能曝光的政治伏流，盡在宗卷文書裡；黨政的行事布局、藍圖方略都在檔案資料中。頗多隱語，非精通國學掌故者，無能窺得堂奧，即使得解，若不能博聞強記，心思敏銳，把多年來所獲知的各項載記、軼聞、閑說，合而對照，所有的密檔暗語，只是支離破碎的材料。

張大春藉這部小說昭告世人，我們以為認識的世界，以為明白的軌跡，背後還有別的神秘力量在操控推動。黨國政治力背後還有更大更強不為人知的恐怖勢力，透過特務的血腥手段，透過神秘莫測的諜報系統在運作。要了解政治，要了解歷史，就要了解這些幕後操作，就要清楚割裂的事物後隱藏的不可解的謎團。

於是我們看到一則又一則的啞謎，無數秘密，無限警示。每一首詩，都有弦外之音，每一幅畫，都有畫外之意。

這本百科全書式的武俠小說，從命案開始解謎，一副推理小說的架勢，所不同的，凶手身分已經宣告，但動機不明。作為武俠小說，俠的部分似乎超過武。張大春有種，把武俠小說的時空設定在近代的中國，甚至現代的台灣，這是何等偉大的挑戰。一樣有飛簷走壁，一樣有氣功內力，更有我看得到你、你看不到我的奇門遁甲，但受到現實的制約，不能樹林一縱，只能偷偷摸摸，如哈利波特和死黨們在凡間施巫術、坐魔法車，不能被看見，以免嚇壞麻瓜。因此，張大春筆下的武功再玄，玄不過金庸等人筆下的武俠世界。

但這不重要。一如小說裡的高陽在解謎線索《七海驚雷》一書封底提寫：「唯淺妄之人方能以此書為武俠之作」。或許，《城邦暴力團》亦可作如是觀。

《城邦暴力團》說是武俠小說，毋寧說是幫派發展史，更不如說是部推理小說或者誇張而言的中國近現代史。依書中人物的說法，所書寫的這個世界，無論稱為江湖、武林或黑社會，「所以不為人知或鮮為人知，居然是因為它們過於真實的緣故。」

於是故事從一則命案開始。一九六五年八月十一日之夜，漕幫總舵主萬硯方遭狙殺於台北市植物園荷塘小亭，沒什麼媒體報導，少數一兩家報紙，也只是以無名老人陳屍植物園寥寥幾語帶過。

然而，死者不是普通老頭，案子不是一般命案。冥冥中卻似早有定數。萬老爺子曾告訴親信，廟堂太高，江湖太遠，日後有誰提起什麼救國救民的事業，便是敗類、叛徒。

以萬硯方等漕幫分子武藝之深，雖然窺得政治的險惡，仍然難逃殺機。黑道仍然難抵白道的勢力，因此張大春自己點明這部故事的主題是「逃」。——「這是一個關於隱遁、逃亡、藏匿、流離的故事……所有的武俠小說幾乎都是敘述怎樣成為大俠，除掉一個魔頭，或是恢復武林正義、秩序、法律的過程。我的故事則是如何逃離武林至尊、白道的恐嚇。」

或許黑白相間，就註定悲劇的開始。遙想當年，蔣介石看上老漕幫對上海及江浙主要商業城市的宰制，而投拜老漕幫，藉以掌控租界區的銀行、商店、公司、工廠等政府管轄不到之處。蔣介石則運用公權力，掃蕩其他幫派會黨（天地會、白蓮教、丐幫等系統），回饋老漕幫。

本來是相互利用，互蒙其利，不料老漕幫竟因對國府輸誠而喪失主體性。

蔣介石以雄厚的政軍實力，插手江湖，既和老漕幫交好，又和哥老會來往，手下情報頭子戴笠為蔣居間運籌，縱橫播算。其中玄奧，作者藉李綬武之口說出：

從元至正年間第一個江湖領袖陸士杰以下，歷明清兩朝凡六百年之中，一共推舉出二十八個共主，沒有一個是憑武功藝業而雄霸海內的。這些人靠的就是交際，就是應酬，就是資助往來。

這當然是一種墮落。本來修習身步力氣、參天悟人的武學技藝，淪為玩弄權謀的把戲。直到後來萬硯方和國府流落來臺，在著名的周鴻慶事件中，萬硯方顯露暗阻「反攻大陸」的心態，終遭老蔣下令狙殺。

這部厚達四冊的小說，一開頭就介紹所謂接駁式的閱讀法。張大春本尊的讀書方式，經常書隨意走，一個知識帶領一個知識，一分好奇牽動一分好奇，心中自有如百科全書辭條後面所附的追蹤系統，以此探勘的閱讀之旅，即使百科全書也讀得津津有味。

只不過用接駁式閱讀法讀書，很難讀完一書。這本《城邦暴力團》便在肩負後設功能的主角張大春於三民書局接駁覽書而展開。更慘的是，整部小說不斷的溯源，不斷的插播，尤以清代以降民間流傳的江湖會黨爭鬥史，煩瑣細碎，不時干擾小說敘述的動線，讀者多少會恨透這些史料掌故。在此，電子書的實用功能終於顯現：只須充分運用超連結的概念，相關詞條「滑鼠＋手掌」的設計，峰峰相連到天邊。記憶力不好的讀者，不必索引，不必目錄，可以輕鬆掌握錯綜複雜的人物系譜；天縱英才的作者，自可跑野馬跑個過癮，不必擔心讀者跟不上。把幾分鐘就出現一次（第二冊最嚴重）的插片，利用超連結接駁，毫不影響劇情的流暢。《城邦暴力團》應該是製作電子書的範本。

果氏草書的認養期限只有兩天，
過期了連自己都難以辨識，
以致桌面堆滿開了頭卻不得不放棄的草稿。

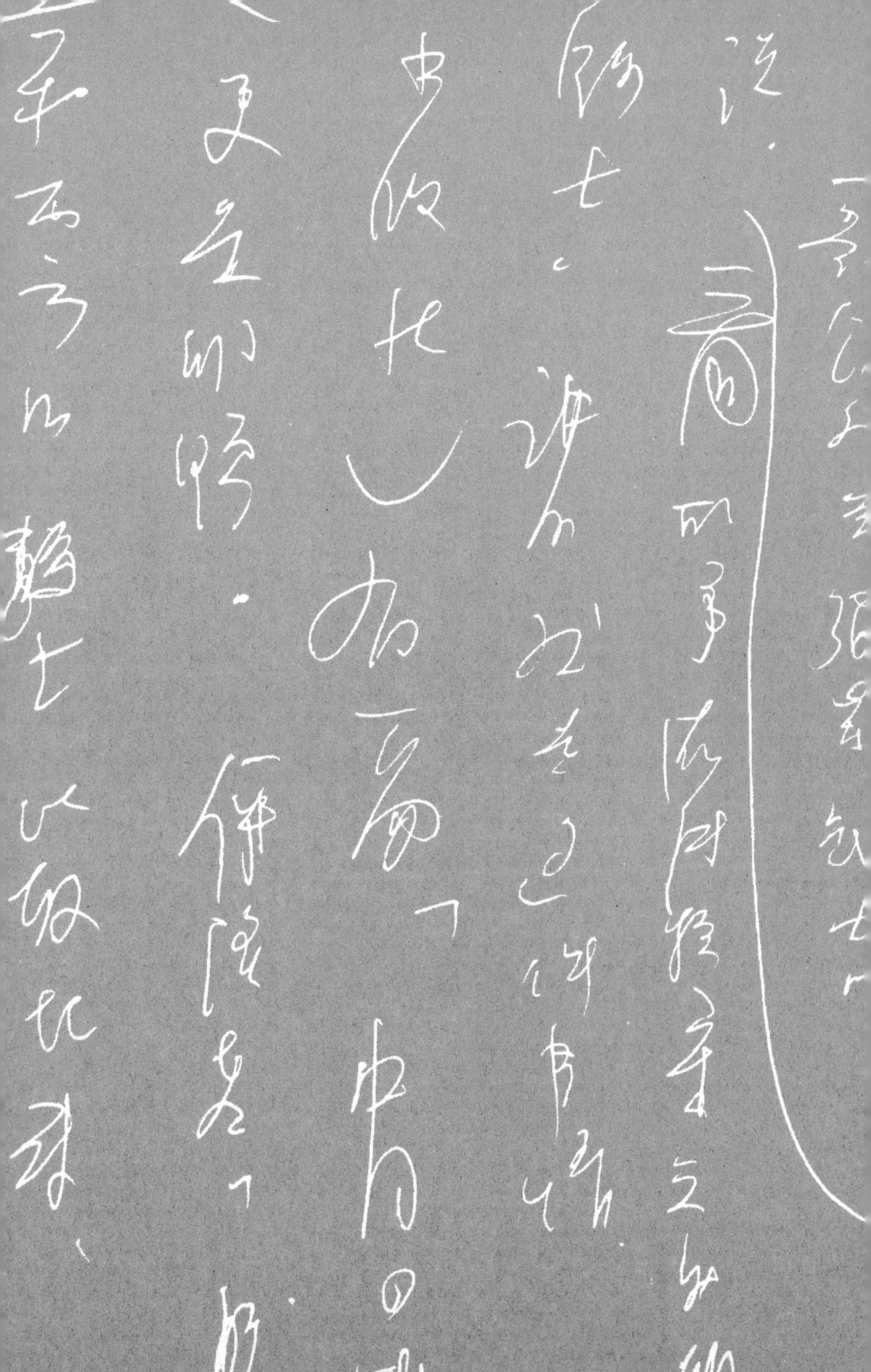

《五年級同學會》的指標

二〇〇一年六月，果子離我和其他五位「明日報個人新聞台」台長出版合輯《五年級同學會》。書賣不賣，出版商和作者群都沒把握。按理，我應該不太理會書的銷路，因為即使大賣，版稅六等份，所得不多；萬一滯銷，可以怪罪其他作者太掃把，顏面無損。銷售於我如浮雲。

然而還是在意，有點忐忑。隱然覺得這本書另有指標作用，垮不得。

《五年級同學會》的文章原產地是「明日報個人新聞台」。二〇〇〇年二月，全世界第一份網路原生報《明日報》不堪賠累，宣布停刊，所附屬的「明日報個人新聞台」連同面臨夭折的命運。「五年級訓導處」（依台長年齡或寫作主題而集結的「逗陣新聞網」）的「訓導主任」mimiko（米米果）不忍網路書寫的足跡就此流散消逝，乃有出書留做紀念的念頭。

《五年級同學會》由圓神出版社出版，我許願，願本書成為網路與平面實體書出版結合的新起點。強調「新」，因為先前早有不少網路作品結集成書，有些狂賣，有些套牢。然而放眼望去，這些書籍的出版作業，八九成循著「BBS＋網戀小說＋作者年輕化＋讀者年輕化＋形式輕薄短小＝出版品」的既定模式進行，其中以城邦集團的紅色出版社為主力。若有一名文化現象觀察者企圖藉此觀察社會，會誤以為現代的莘莘學子，整天掛在網路上，上網都在談戀愛，談戀愛都在網上，彷彿離開連線後，他們便成為一堆泡沫，不復存在。

事實上，有點深沈的，有點重量的，有點年紀的，有點感時憂國的作品，始終活躍在網路裡，透過搜索引擎，不難發現。但是，儘管人文色彩較濃的書籍，在書店裡占有相當比例，可惜從網路結集而來的，近乎於零。（在書店，你找得到崛起於《南方電子報》的作者嗎？）世界上最遙遠的距離，就是好作品在網路裡，出版社卻看不到。只能猜想，也許他們是不會用網路吧！不會用網路，指的不是不會開機、不會上網，而是上了網之後迷路不知所向，東看西瞧找不著好料，於是鐵口直斷，說網路作品幼稚輕淺不成熟。如果剛好逛書店，看到所出版的網路文集，更會以為來自網路的，盡是如所見般「淺淺的內涵、輕輕的思想」。

會用網路的人卻不是這樣，他們知道想找優質的創作成品，就點往「明日報個人新聞台」、「田寮別業」或「貓空行館」等BBS版、「智邦生活館電子報」、「南方人文電子報」等等，尋寶的樂趣早已取代眼酸腕疼的不悅，識貨的快感也已克服資訊氾濫的茫然。

如果《五年級同學會》賣得好，或許產生指標效應，讓更多優良網站被看見；如果《五年級同學會》賣得好，或許網路寫手尋求出版遭拒的機率減低一點；如果《五年級同學會》賣得好，或許網路上的老靈魂不會那麼孤單；如果《五年級同學會》賣得好，或許……。出書之後，我不斷思索這些「或許」，觀察可能的機會，就怕出師不利，非網戀小說的網路文章結集會變成票房毒藥。

老天保佑，以「五年級」詞彙為濫觴的年級論，開始流行，乃至氾濫，《五年級同學會》一刷再刷，到如今網路跨足平面已是普遍現象。

浪潮下的納粹魂

請注意，看這本小說，你很可能不會趴著看或躺著看，你也很可能不會感動得掉眼淚或高興得哈哈大笑。看這本小說，你會隨著「浪潮」起伏，不知不覺把身體坐直。你會越來越冷靜清醒，你會需要用心思考。因為，這是一個令人震撼的真實故事，也是一場恐怖的人性實驗。

這是什麼恐怖小說，序寫得活像恐怖電影的廣告詞？

這是《浪潮》（*The Wave*），作者莫頓・盧，「漢聲精選世界成長文學」系列之一。

一九六九年，美國加州帕落艾托市（Palo Alto）葛登中學的歷史老師班恩，以教學富創意，有活力，而深受學生愛戴。

有一次，在高三班上，班恩老師播放納粹集中營暴行的錄影帶。只見瘦骨嶙峋，飽受勞動、飢餓、酷刑摧殘的男男女女，有的苟延殘喘存活著，有的被送往煤炭室準備處死。班恩告訴他們，死在煤炭室的人，總數超過一千萬以上。

孩子們目瞪口呆，震驚之餘，滿腦子問號。班恩告訴他們，戰後部分德國人表示，對納粹暴行毫不知情。「德國人怎麼能坐視納粹屠殺他們周遭的人，而他們一點也不知情？他們當時怎能裝聾作啞？事後又怎麼說得出這種話？」孩子們不敢置信。

同學議論紛紛，班恩也百思不解。但他突發奇想，決定創造類似於二次世界大戰時德國納粹的情境，回到歷史現場，讓學生探索納粹心態，解開德國民眾坐視納粹暴行的歷史之謎。

怎麼開始？就從命令、服從等基本教練開始吧。班恩讓全體同學離座走動，一聲令下，每個人以最快速度回到座位，恢復原坐姿。起初秩序紊亂，再三演練後，井然有序。

接著，班恩提出三項規定：每個人上課要做筆記，答題時要立正站好，答題或發問前要先說「班恩先生」。

藉著一問一答，同學十分興奮。班恩說：「奇怪的是，我們開始玩後，我可以感覺到他們還想多玩一點，他們想被紀律約束。每次他們遵守了一條紀律後，就希望我再規定一條。」

此後上課，學生自動自發，展現空前未有的秩序和紀律。接著班恩灌輸他們團隊精神的重要，訂定象徵的標誌，規定呼叫的口號。班恩震撼於紀律帶來的力量，他甚至夢想自己可以替《時代週刊》寫一篇教育專欄，題目就叫：「恢復教室紀律——一位高中教師的驚人發現。」

以教室為起點，班恩把運動擴展到校園，讓學生模擬、揣摩納粹的作法，成立組織，推展以「紀律就是力量，團結就是力量，行動就是力量！」為口號的「浪潮」運動。會員人數迅速膨脹，成為校園的全民運動。班恩被奉戴為至高無上的領袖（一如希特勒），組織成員彼此監視對方的忠誠度，非會員屢遭暴力、恐嚇。至此「浪潮」變成不折不扣的法西斯主義團體。

先有驚人的學習效率及課堂秩序，後有群眾崇拜和權力蠱惑，實驗主持人班恩老師迷失了，迷失於權力的滋味。然而浪潮運動走火入魔，班恩難辭其咎。是「稍稍過火的課堂實驗」，或赤裸裸的人性呈現？顯然後者才是答案。

班恩最後自廢武功，宣布解散組織，停止實驗，結束遊戲。他問同學說：「找一個領導者，找一個替自己做決定的領導者，難道真是人類的本能傾向嗎？」他也不客氣的罵同學：「你們用自己的自由交換了所謂的平等，又把這種平等轉換成對非浪潮會員的優越感。你們毫不懷疑就接受了團體的命令，也不管在執行命令的時候是否必須傷害別人。」「你們每一個人都可以成為很好的納粹黨員。」

班恩匕首般的直指：「法西斯主義不是別人做過的事，它就在這裡，就在我們之間。」

《浪潮》一書再次證明「群體壓力」無堅不摧的能量。

可堪玩味的是，班恩推行實驗時所享受的權力，同時發現秩序帶來效率的秘訣，在東方國家，包括台灣，大部分的老師都享有，也都司空見慣。上課前，起立──敬禮──坐下，老師點名問問題要起立，走廊看到老師要敬禮，要叫「老師」而不是張先生、陳小姐；進入老師辦公室要喊報告，要這樣要那樣，天經地義，無需實驗。

浪潮運動進行時，正是中國文革如火如荼展開之際，青年學子組成紅衛兵，狂熱帶勁，勇於批鬥。為什麼希特勒、毛澤東能風靡群眾，跟隨者全心擁戴、整肅異己，完成領袖訓令？《浪潮》提出反省，但似乎沒有答案。

誰願意承認體內有法西斯主義的因子？班恩老師的實驗報告固然殘酷，猶太裔哈佛大學學者高爾德哈根（Daniel Jonah Goldhagen）的研究則更加無情。一九九六年，高爾德哈根出版《希特勒的自願執行者：很普通的德國人及種族滅絕》，在德國掀起軒然大波。

高爾德哈根認為，二次大戰期間，德國人滅絕猶太種族的屠殺行動，主要的驅動程式源自幾世紀以來德國人的反猶太主義。因此他們並非受希特勒所迫，而是自願的，且認為屠殺猶太人是對的，是合乎道德良知的。其他並未直接參與屠殺的德國人，如果有機會也會這麼做。

依高氏說法，納粹是德國傳統的必然產物，納粹暴行是當時大多數德國人所樂見的。這種說法讓德國人情何以堪？固然二次大戰以後，德國人勇於致歉，反躬自省，也承認納粹是個邪惡政權，然而許多德國人將罪行歸諸納粹，把屠殺猶太人的帳算在納粹黨衛軍頭上，和德國國防軍無關。千錯萬錯，都是希特勒的錯。

高爾德哈根把德國傳統文化納入納粹暴行的共犯結構裡，班恩老師則透過浪潮實驗，讓納粹還魂，證明人類的潛意識才是納粹產生的溫床。

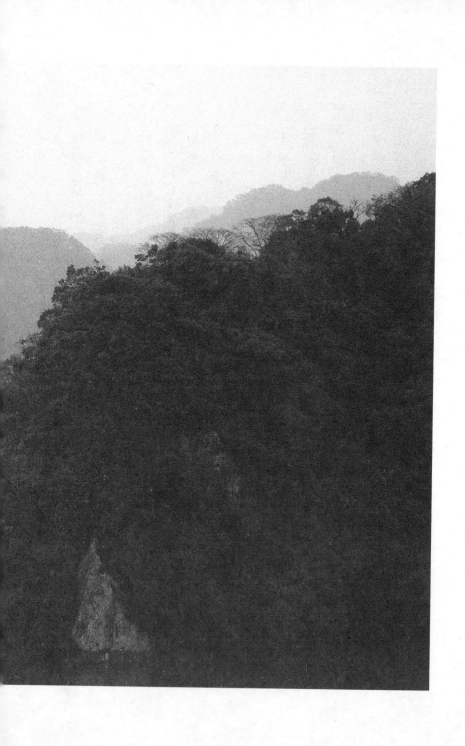

好男好女，好風好水。
在阿堨坪的湖畔咖啡廳眺望湖光山色，我們四個人，
此情此景，斯人斯陣，可能再得？

從全民公敵到檔案羅密歐

《全民公敵》，讓人窒息的電影。窒息不單指緊湊的節奏和飽滿的戲劇張力，更因為背後傳達的訊息。政府情治單位高級主管徇私濫權，以合法掩護非法，運用電子高科技這項後現代照妖鏡，全面追殺揭發弊案的記者，一步一驚心，一介草民便如鷹爪下的雛鳥，無所遁形，更無所遁逃。

這樣的場景或許太聳動太誇張太好萊塢，但全面跟監、追蹤，記錄某特定對象的一舉一動，這類勾當在我們社會並不陌生。也許徵信社，也許調查局，也許狗仔隊。鎖定目標後亦步亦趨，如影隨形，瞻之在前，忽焉顧後。你不會煩，因為不像蒼蠅或皮條客明目張膽纏繞著你，他們偷偷摸摸，和你長相左右。有的是任務編組，目的達成便和你告別，例如徵信社，捉姦在床，功德圓滿；有的長期抗戰，放長線釣大魚，例如情治人員，一言一行，蒐證歸檔，以備不時之需。

於是，你在哪裡做了什麼事，見了哪些人，電話打給誰，說了什麼，全都入檔，而不自覺，好像活在楚門的世界裡，被好多人窺伺，又彷彿童話裡那位裸體的國王，以為穿了衣服，其實全被看光了。當你有朝一日發現自己被跟監、被拍照、被舉發，除了不寒而慄還能如何？本領高強者，可以諜對諜，調皮反制，如李敖軟禁期間幫跟監者拍照留念，印在書裡，留做紀念，甚至設計擺脫，讓他們虛驚一場；或者耍弄到底，如彭明敏，溜到國外了，跟監人員還在做假報告，記錄著早已人去樓空的彭明敏幾點幾分在做什麼云云。

《壹周刊》來台後，部分藝人如吳宗憲曾半玩笑說，要創辦《貳周刊》反制。說歸說，很難。狗仔需要裝備、技術和美國時間，不是人人可為。身為名人，只要一想到背後有一雙眼睛，虎視眈眈盯著你，背脊能不寒涼？

背寒還比心寒好。白色恐怖受難者，回顧事發，追想過去，能不風聲鶴唳者幾希。萬仁導演的電影《超級國民》，有一個角色是白色恐怖受難者，出獄後仍疑心情治人員在他腦子裡動了手腳，他的任何念頭或所言所行，都被掌握，成為罪狀。情節看似離奇，此類被迫害的妄想，唯有經歷過被檢舉、出賣、羅織、審訊、判刑的老政治犯才能體會。

就在台灣第一次政黨輪替前幾天，已停刊的《明日報》刊出一則新聞，說一名住在榮民之家的向姓老榮民，向台北地院提出自訴，指控國防部、警政署等情治單位，在他腦部安裝微電腦，控制言行思想，受虐長達四十多年。

向先生自稱遭到強力電波控制，據報導：

今年一月中旬，在住處內他曾因血壓過低，跌倒昏死，經急救甦醒後發現糞便滿褲襠，更加確信自己遭到情治單位控制虐待，才具狀提起自訴。向某在自訴狀中提到，國防部總政治作戰總部、警政署民防科管制中心，以過時的「維護軍中安全的特別法」，以合法掩飾非法，不僅在他的頭部裝置微電腦控制思想言行，也在直腸、膀胱安裝震盪器，遙控虐待，四十多年的迫害禍及家人，父母皆因此慘死，至親因而致死者共七人。

法院當然不會受理此案，因為國防部、警政署屬於公法人，並非自然人，依法不能提起自訴。即使受理也不可能還他清白，他還要繼續和看不見的敵人搏鬥，以至老死。

朱天心小說〈從前從前有個浦島太郎〉，寫一名坐了三十年政治黑牢的老左派，煉獄還魂，恐怖猶存，電話怕監聽，出門怕跟監，更怕殃及家人。他的生活重心，彷彿以「突破那無所不在、反對、封殺他的特務集團」為目標。

他送孫子上學，必須每天變換路線，以擺脫特務的跟蹤；孫子啼哭不走，他抱著孫子，逃難似的四顧倉皇，怕號啕聲引來好不容易擺脫的特務。孫子學區出問題，他認定特務系統侵入戶政事務所，拿他孫子開刀。路上車水馬龍讓他驚慌，不是怕吵雜，而是怕無法分辨特務的蹤影。

幸運的、有背景的、來頭大的政治犯，歷劫歸來，有的領到國家賠償金，有的從政，有的寫書、上電視。而像朱天心筆下的這位左翼老靈魂，只能在恍惚驚疑中度日，整天寫陳情表、意見書，寄給有關單位，卻未見回音，他以為郵政系統也遭特務控制。直到有一天，赫然發現，託妻子寄送的陳情書信根本被妻子藏著，沒有寄出去。發現真相的他，就像日本神話的浦島太郎，在龍宮裡和公主逍遙一個月，人間已百年，回到塵世，忘了公主的叮囑，打開不該開的盒子，突然變成白髮老公公……。

特務、檔案，永遠不脫神秘、陰險、暗箭傷人的形象，說多討厭就多討厭。二〇〇〇年台灣政局變天，新人新政，法務部長陳定南內定後就下馬威，說要毀掉調查局白色恐怖時期以來建立的忠誠檔案，也就是ＡＢ檔案。

這類檔案常以維護國家安全為名，以整肅異己為實，遭人詬病。檔案裡充斥著線民打小報告、情治單位監聽監看、追查祖宗八代等紀錄。然而，如果ＡＢ檔案不毀棄而公開，會是什麼樣子？

也許台灣不會如此選擇，而在德國，早已做過此類實驗。在德國統一後，前東德國家安全部檔案開放，許多人在申請查閱時受到相當的震撼，包括《檔案羅密歐》（*The File: a personal history*）作者，英國籍的歐洲史學家提摩西・賈頓艾許（Timorthy Garton Ash）。

賈頓艾許出生於一九五五年，為撰寫博士論文，而研究希特勒統領之下的德國，一九七八年起，他在西柏林讀書，八〇年搬到東柏林。他萬萬沒有料到，從此被前東德秘密情治機構國家安全部監控，被線民（爪耙子）不動聲色地記錄、匯報他的一舉一動，包括他和誰約會，寫些什麼文章，刊登在哪裡，和誰進餐，餐廳的氣氛，食物的種類等微不足道的紀錄。

一九九二年，賈頓艾許走進保管與整理前東德國家安全部檔案的高克機構，調閱他的檔案。他的檔案計兩吋厚，共三百二十五頁，他的代號叫「羅密歐（Romeo）」。

檔案大抵由負責跟監、密告的線民，向情治單位報告後記錄而成，他們定期的、詳細的、巨細靡遺的，向東德秘密警察，報告他們同事、朋友、親人的秘密。隨著兩德統一後檔案開放，這些線民一一曝光，不管他是政治人物、學者、記者或牧師，只要曾經是線民，這個人便被瞧不起，從此消聲匿跡在公眾場合。

當然並非每個線民都會曝光，因為秘密警察給線民，和每個被鎖定的對象，都取了假名，大部分線民的代號還是自己取的，就如網路上的ＩＤ一樣。

據一九八八年東德瓦解前統計，線民共十七萬人，其中十一萬定期提供情報，其他則屬共謀，例如提供公寓為秘密集會之用。數目之龐大，令人咋舌。

在調閱檔案後，賈頓艾許決定反調查，循線追查當年和他有關的線民和官員，探詢他們密告的動機與心理背景，並佐以個人回憶和日記、隨筆、著作，拼湊出十五年來生活的點點滴滴。

這些線民的心理不好受，一如線民之一Ｒ太太，出生於德國猶太家庭，風采翩翩，十幾歲便投身共產黨，為此身陷囹圄十幾年，甚至日後因柏林圍牆砌成，而和兒孫分離，但她仍堅信共產主義的美好，無怨無悔，至死不渝。賈頓艾許在東德作研究時非常喜歡和她談話。不料十五年後，賈頓艾許在閱讀國安局檔案時發現，她是線民，是監視他的線民。

在接受賈頓艾許訪談時，R太太矢口否認曾經擔任線民，只喃喃訴說她為共產主義所蒙受的苦難。是在為自己開脫嗎？也許吧！畢竟她曾為心目中美好的新世界奮鬥過，她勇敢昂揚，臨老卻被烙上形象低賤、下等、為後人輕視的線民印記。此後她將活在身分曝光的陰影之中。賈頓艾許向她保證，會為她保守秘密，請安心度過晚年。賈頓艾許說：「我有什麼權利，否決歷經苦海煎熬，最後選擇遺忘的老太太的願望？」

有時候不知道可能比知道來得好。如果你調閱資料，發現出賣你的、監視你的、打你小報告的、害你入獄或失去工作的，竟然是你的親朋好友、你的配偶、你的同事、你的愛人、你的老師，未來如何面對他們，如何重建對人性的信念？東德線民曝光後，導致朋友絕交、夫妻離婚者比比皆是，而線民莫名其妙被毆打，家裡玻璃被磚塊敲破的案例，也時有所聞。

賈頓艾許在追索訪談過程中發現，並沒有人天性邪惡，只有軟弱，隨環境擺布的軟弱。他又發現，這麼多人甘心為獨裁政權當線民，固然有利誘等因素，而更重要的關鍵在童年，童年時代父親的缺席。他們的父親在二次大戰時從軍，有的被俘，有的被關。成長後，權威、嚴肅的國安局，便取代了父親的形象。

和秘密檔案相關的話題，唯一有趣的恐怕是：許多人視自己有無檔案，為「行不行／酷不酷」的判準，不少男子吹噓自己被跟監存檔，以凸顯自己的重要，並贏得女生的崇拜青睞，彷彿那是英雄的烙印，是履歷表不得不填寫的一項資歷，反之就顯得太遜了。

設想有麼一天，AB檔解密，國安局讓你翻閱自己的檔案，你，看或不看？會不會像《檔案羅密歐》的作者賈頓艾許，決定「調查他們對我的調查計畫」，反過來向東德的秘密警察、線民展開調查行動，然後寫成一本書，一本「源自我的檔案的另一個檔案」？

也許有人如此好奇盼望。至少賈頓艾許本人對台灣有此期許。他在台北國際書展的新書發表會說，台灣讀者向他反映，他們讀過《檔案羅密歐》後聯想到台灣，質疑「反共與共產國家難道會產生同樣的結果？」他期望有朝一日台灣情治單位的檔案，也能夠如東德解體後一樣公開，甚至和《檔案羅密歐》一樣成為寫作的題材，「這才是成熟民主的應有表現」。

這一天不知何時到來，想想也滿恐怖的。

我喜歡這樣想你

如果成長在太平盛世，如果出生在民主國度，以胡慧玲敏銳的觀察、敏感的心思，以及細緻的筆觸，她該像張秀亞、張曉風那樣，纖筆柔情，寫盡西樓淡月，說遍閒愁離緒。然而不知生命哪個路口轉了個折，胡慧玲投身黨外刊物，擔任編撰，所待的雜誌社，還是被視為洪水猛獸第一級的《自由時代周刊》。創辦人鄭南榕在一九八九年四月七日自囚七十一天後引火自焚，胡慧玲在泣不成聲中開筆寫《我喜歡這樣想你》。

作為書名的這篇〈我喜歡這樣想你〉，乍讀以為是寫給遠逝戀人的情書——

我常常想你。

想你，以一種幾近殘忍或敗德的方式想你，快樂的想，嘴角含笑的想。或者說，我喜歡這樣想你，或者說，我想你喜歡我這樣想你。

寒流來，大家圍著吃酸菜的時候，我想你。農曆春節鞭炮聲中，與高采烈打麻將的時候，我想你。細細春雨裡，黃澄澄的木棉花轟轟然開在高高的枝頭上，我想你。……

——連續十幾個想你，排比句法，比張曉風肉麻，比徐志摩濫情。然而，入之以感性，出之以理智，一路讀來，竟覺得所有的感情，所有的心事，合該這麼寫。整篇文章寫鄭南榕對台灣的感情，寫鄭南榕的兒女情長，寫鄭南榕對理想的堅持，兼寫自己對鄭南榕的思念，更勾勒出革命者的形象，人格者的音容，他們共有的夢想，挫敗，勇敢和傷逝。

胡慧玲拿手的，不止於抒情筆調，更在於精準的捕捉受訪者的心境神態，寥寥幾筆，剪影如真。勇敢的稚齡女兒竹梅，爸爸走後，還是經常陪著爸爸，和爸爸對話，畫畫，寫詩，泡不加糖不致招蟑螂的咖啡給爸爸喝，擺上新發現的烙餅，問骨灰罈的顏色。依葉菊蘭口述而成的〈那種想念很痛〉一文寫道，鄭南榕的靈位桌上，擺著竹梅畫的卡片，畫裡一個穿著白色長袍的幽靈，題為「快樂鬼爸爸」，另一幅是防癌協會的標誌，竹梅題字提醒一天抽三包菸的爸爸「不要抽太多菸哦。」這樣的描繪，讓人既莞爾又鼻酸。

迥異於唐代詩人杜甫的「遙憐小兒女，未解憶長安」，鄭南榕的十歲幼女，清楚知道爸爸的死是怎麼回事。竹梅寫詩給爸爸，說爸爸是她的太陽，卻是她叫不回的太陽，太陽不見了，覺得好冷好冷。而鄭南榕自己呢，在另一個世界冷不冷?葉菊蘭在事變一年後，有意把骨灰搬走，靈堂撤去，餐桌放回原來的地方，讓母女可以好好吃一頓飯，回復家庭生活。「可是，又不忍心把骨灰放在紀念室。總覺得鄭南榕還在。不喜歡把他留在暗暗的角落。習慣在出門前開盞燈，跟他說再見，不喜歡回家時發現他與一室幽暗相伴。他應該有人替他點燈。」胡慧玲的口述記錄，不用什麼形容詞，令人動容之處，絲毫不讓抒情散文大家。一樣情深，卻多了時代的淒苦，一樣意切，卻多了造化的愚弄。

連同下一本口述歷史《島嶼愛戀》，胡慧玲寫下鄭南榕、葉菊蘭、黃華、鄭自才、陳婉真、王幸男、林茂生、高俊明等民主運動先驅的故事。《島》書序文說：

這些人物的生命史，比小說更像虛構，比戲劇更具張力。在台灣歷史上，他們是傳奇。而且是即將消失的傳奇，不會再有的傳奇。

因為已成絕響，《我喜歡這樣想你》成為作者序文所言，那個短短的斷代史的停格和顯影。

讀玉山社出版的《我喜歡這樣想你》，我們衷心祝禱：成為絕響，是因為高壓箝制、抹黑栽贓的錯亂時代一去不返；成為絕響，是因為藐視人權、泯滅人性的統治方式不再還魂。而不是理想的失落，原則的淪喪，更不是革命同志執政後黨同伐異、同流合污。讓我們的時代不需要悲劇英雄，不需要革命烈士。

胡慧玲筆下有一段寫道，鄭南榕甫出獄（一九八七．一．廿四），在自宅邀集朋友來敘，友人紛紛問候他的牢獄生活，鄭南榕鐵青著臉，惱怒的問：「你們知道今年是什麼日子嗎？」「今年是二二八事件四十週年！」

二〇〇二，二二八事件五十五週年，全國上下爭論該不該放假和補班補課，鄭南榕地下有知，不知會不會翻起身來罵人。

我的咖啡時光、午茶時間，
遠超過勞動時數。
所謂幸福，莫過於此。

金安城小記

劉克襄寫過一首詩〈金安城小記〉，簡單幾筆，卻寓有深意。詩分兩段，形式對比，詩曰：

二〇〇一年，……逆匪魏精浣，唆使二千名叛軍侵擾金安城，大肆殺戮。未幾，英勇的皇軍前來解救，擊潰叛軍。匪首魏精浣畏罪自殺，史稱「金安之亂」。——（本文引自「X民國史，二〇八〇年」）

二〇〇一年，……先烈魏精浣，率領二千名革命志士，突擊金安城，不幸誤陷敵陣，彈盡援絕，魏精浣悲壯的飲彈自盡。是役，史稱「金安之役」。——（本文引自「Y民國史，二八八〇年」）

同樣的史實，然而，不同的時代背景，不同的客觀環境，不同的意識形態，不同的評價，不同的看法，不同的角度，遂有不同的敘述方式，不同的修辭策略。我們經常閱讀的史書和新聞，就是這樣演化而來。

多年前，我參與一部編年體工具書的編輯工作，篩選年度重大事件，仿新聞體寫歷史，我們在編輯體例明訂撰稿標準，修辭以中立字眼，不帶價值判斷。於是叛軍改成反抗軍；反共義士駕機投奔自由，改成中共飛行員駕機來台；毛匪澤東改成毛澤東；蔣公空一格改成蔣中正不空一格；野心人士或叛亂分子改成政治異議人士……。同一個東西，同一個事件，用不同的辭彙，就有不同的感覺，思考的主軸也隨之而變。這項編撰工作對我影響不小，也一直期盼歷史和新聞工作者能正視這個事情。

可惜直到今日，新聞敘述或歷史書寫仍不脫以特定字眼定褒貶的習慣。近讀三國黃巾軍起事，課本習稱的「黃巾之亂」，在對岸通稱為「黃巾起義」，黃巾賊變成黃巾義軍。其實賊不賊，義不義，又如何判定？

又，同樣的攻打他國，在《三國志》裡，魏打吳、蜀叫做征伐，吳、蜀攻魏謂之入寇、入侵，因為史官陳壽寫史時身在晉朝，晉沿魏而來，自以魏為正統，和後世《三國演義》等說書系統以劉備為正統截然不同。其實三國分立，成王敗寇，哪有什麼正統歪統？你打我我打你都是打，何來征伐入寇之別？

當年的民進黨在報紙裡叫「x進黨」或「民x黨」，電視新聞裡管它叫「所謂民進黨」。如今這個黨成為總統府裡的執政黨，時代不變，用語相異，想起來誠然感嘆。劉克襄詩裡的魏精浣，影射汪精衛（人名倒過來念），若當年日本「侵略」／「建立大東亞共榮圈」成功，「入主」／「占領」中國，那麼今天教科書筆下的「汪偽權」／「汪精衛政府」，必然又是一番面貌。

從二二八人民起義到二二八大屠殺，從共匪到中共到中國，從國民政府到國民黨政府到中華民國政府，從玻璃圈到同性戀患者到同志，從電影明星到電影演員，從妓女到性工作者，從番仔到山胞到原住民，從老芋仔到老兵到榮民，有褒有貶，有尊重有羞辱，一個名詞便透露社會的價值觀。要轉變約定俗成的詞，需要多少說服多少教育多少溝通多少共識。

劉克襄的詩發表於一九八二年，台灣仍處戒嚴時期，黨外政論雜誌和官方說法盍各言爾志，釋放全然不同的觀點和真相。真相只有一個，蓋棺卻難以論定。

昨日的紀州庵，明日的台北文學館。
在文學、歷史面前，
人變得謙卑。

念什麼科系，談什麼愛情

重讀渡也（陳啟佑）詩集《手套與愛》，發現詩人很喜歡以大學科系為切入點，藉科系名稱的表面意義，代表某樣愛情現象，傳達某種愛情訊息。例如物理系，凡事邏輯，但循公式：

那時我唸物理系／天天和牛頓泡在一起／實驗和演算／完全要合乎推理遵守邏輯／什麼問題／只要套入公式／就可以得到答案／他們說愛情也不例外……我就把愛情／和那朵花的名字／套進公式／微分積分／苦苦算了一年／沒有答案

在這裡，物理系代表不解風情。而最能代表情愛的，莫過中文系：

我要愛情不要物理／所以轉到文學系／詩詞曲賦／有愛情／沒有公式和邏輯／我把那朵花帶回宿舍／插在床上／在詩詞曲賦中過了一夜／就得到答案／根本不必推理（〈物理與文學〉）

在詩人眼中，中文系＝詩詞曲賦＝愛情，對比物理系的有物無情，中文系的才子佳人浪漫多了。

至於哲學系也很掃興。如下面這首〈一樣〉：

我和她一起在校園裡
選修愛的學分
唸哲學系的我順便教她
禪學原理

我一本正經地說
高山和大海一樣
李白和李自成一樣
一千等於一
乞丐和 BUICK 轎車一樣
墳墓等於嬰兒
而唐朝和今天
一樣

她搖頭說不懂
「你和我一樣
男人和女人一樣
哼，那還談什麼戀愛」
她說完話便給我一巴掌

和棒喝一樣
然後掉頭走了

這首詩頗有意思。幸好只是一首詩，否則哲學系招生的行情更加下跌。

另有一詩〈黃金時代〉，諷刺拜金主義，說「堅固的愛情／只藏在黃金裡／不在你心裡／你不是真金」「歷史本來很簡單／你這個歷史系學生竟然不明白／一部人類史／其實就是一部黃金史……」。歷史系畢竟隸屬文學院，還保有愛情至上的單純心態，沾不到市儈俗氣，不明白愛情誠可貴，麵包價更高的普世真理。

渡也兩度寫到植物系，不過未有前述寓意，茲不論。〈美國化的乳房〉的例子更鮮明，英文系女生作風開放，不戴胸罩，中文系男生詩書禮樂，欲看還拒，西學為體，中學為用；而英文系女生雖然不戴胸罩，但和中文系男生恰好相反，中學為體，西學為用，中國人的體型，西方人的習性，所以乳房「仍是中國的／古典的／它們一定感到／美國小木瓜失水時的難過」。

今晚妳又把乳罩留在英文系女生宿舍
妳來時嘴裡還在播放火熱的西洋歌曲
乳頭在妳低胸恤衫內打著節拍
看起來似乎
吵著要跳出來的樣子

今晚妳俯身拾取掉在地上的禮記時
妳的乳房穿過寬大無私的領口看我
而禮記抬頭望妳的乳房
那一刻
我趕快用五千年道統
抵抗妳身上兩百年的美國
我承認妳的思想和行為

都入美國籍了
染過的頭髮也共皮膚一色
這即使孔子也會點頭承認的
但妳那被乳罩釋放的乳房
仍是中國的
古典的
它們一定感到
美國木瓜失水時的難過

如果今夜妳非炫耀乳房不可
那麼念中文系的我也有一顆
比妳的還大
我五千年的中國文學就是一顆豐滿的乳房
妳知不知道

綜合言之，渡也詩裡的系所 VS.愛情大致如下：

物理系＝一二三，木頭人，不解風情。

哲學系＝天馬行空，倒盡胃口。

中文系＝詩詞歌賦，談情說愛。

英文系＝open，崇洋。

從創作手法來看，這樣表現大概沒什麼不好，就好比小說寫作，據云小說家為人物命名是個學問，不批八字，不問筆畫，但必須和該人物性格產生或正或反的聯想。就像《紅樓夢》元春、迎春、探春、惜春四大春姑娘，「元迎探惜」合起來就是「原應嘆息」，甄士隱就是「真事隱」，賈雨村就是「假語存」。於是賈者假也，吳者無也，這公式一套下去，評論者解讀小說倒也挺便利的，彷彿什麼名字就有什麼性格。——雖然也可能恰恰相反，如取名「美麗」，實則醜陋，命名成為反諷手法。

只是現實生活不見得這麼公式化，往往名字就是名字，按姓名索性格，未免事後諸葛亮。同樣，念什麼系就是什麼樣，二者畫等號的刻板印象，也失之偏頗。多得是放浪形骸的中文系女生，多得是保守封閉的外文系學生，許多物理系出身的學者浪漫多情，藝文系所畢業的人不解風情。

【流動人口】

圈叉毛炒韭菜

剛下部隊，落籍烈嶼，幸好分發到旅部，擔任幕僚。旅部不是作戰單位，閒散有餘。有日來了一名中尉，無所事事，但吃閒飯，數日後才知道，中尉來自旅部所轄的某營，早餐會報時應答或不得體，營長的飯碗如飛盤擲來，稀飯潑了一身。中尉不堪受辱，投靠旅部，申請「政治庇護」。

聽同僚談論，該名營長姓施，個性衝暴，動輒對部將動粗辱罵，上自少校副營長，下自少尉預官，無一倖免。我們旅長搖搖頭嘆道：「施營長早晚要出事。」

一個月後，室外傳來一陣咆哮，細聽，原來一名長官正在訓誡旅部的「參一」人事兵。旅部人事官從缺，排假返台等事宜概由參一小兵負責。這位軍官請假未准，假期泡湯，怒氣沖沖，把怨氣出在排假的小兵身上，霹靂啪啦連珠砲開罵，印象最深是最後一句：「你雞巴毛炒韭菜。」

經同僚提醒，原來這位軍官就是施營長。撇開種種惡劣印象，以貌取人，施營長還真是將才，相貌堂堂，英俊挺拔，直追柯俊雄在愛國軍教片中的造型。

炮轟萬事通，大聲就會贏，經參一士兵極力奔走，一週後施營長的假准了。施營長喜出望外，從營部跑來，老弟長，老弟短，拍著參一的肩膀，直讚他優秀，有前途。「有任何困難儘管找我，營長我一定挺你。」和先前炒韭菜的殺氣騰騰，判若兩人。聽得我們目瞪口呆，雞皮疙瘩灑滿花崗岩地板。

和施營長近距離接觸，是在幾個月後預官集訓。他擔任震撼教育的指導教官，在精神講話時，發現一名預官心思不定，露齒微哂，當下發飆，叫出列外，破口大罵，那一句什麼毛炒韭菜，脫口而出。

事後聽說那句六字經，是施營長的口頭禪。意義不明，典故不詳，只知是用來罵人的詞令。職業軍人說起話來，不論喜怒，鮮有不用幾字經當發語詞或語助詞的，但用來用去大都固定幾套，施營長還算略有新意。

這位慓悍自負的軍官，偶有吃癟的時候。有一回軍團舉行模擬演習，請來據說敵後作戰豐富的老軍官擔任講評。施營長代表師部接受測試。但見施營長這位平日叱吒風雲的步兵中校，被譏評得狀極狼狽：「無知啊，你這叫紙上談兵，會死人的，你懂不懂打仗啊。簡直無知。」

但最癟的還在後頭。部隊調回台灣後，聽說施營長捅了大漏子，他毆辱麾下軍官的習性不改，某日拳擊一名預官排長的頭顱。軍中講究分層負責，不可越級報告，以致官官相護，多少冤情都被搓掉了。這名排長不吃這套，越級報告，一狀告到國防部。寧願因違令越級被記過、影響出國留學，也要狀告到底。

後來又聽說，不可一世的施營長知道事情大條，能屈能伸，一度跪求該排長不計前嫌，為他掩過。求情顯然無效，施營長從營門房間被憲兵帶走，逢人探監，他輒聲淚俱下，傾訴他良法美意，不為人知，反遭構陷的委屈。果真應了旅長所說的：「施營長早晚要出事。」

必須聲明在先，部隊回台後，我不曾見到施營長，入獄等相關情節，全屬聽聞，未能目睹。據云施營長日後有幸獲釋，只是營長一職已被撤除。從退伍迄今，倏忽廿載，施營長的形象依然清晰可辨，那句炒韭菜令人久久難忘，以致每回吃到韭菜，別有滋味。

一直以為韭菜粗話是施營長自創。日昨閱讀張大春《尋人啟事》，有篇〈炒韭菜〉，記述一位開著卡車賣菜的女人，丰姿綽約，明媚漂亮，社區裡多少買菜的居家男人為之傾倒，每周五個清晨，風雨無阻，出門向她買菜。不知哪家先生偷了腥，某夜「我」（張大春？）遛狗時聽到她在公用電話裡一陣詈罵：「我就在巷口。我不管，你給我出來！……對，現在……你不要欺人太甚了我告訴你！看不起人你！太欺負人了你！賣菜的就好騙是嗎？就好欺負是嗎？……我不是鬧，我還沒開始鬧呢我告訴你！我帶了藥我告訴你，我會死在你家門口我告訴你！……你雞巴毛炒韭菜啦你！」

好熟悉的絕妙罵詞，居然隔了二十年會在書本裡重逢，太不可思議。這篇文章命名為〈炒韭菜〉，想是目無餘子的張大春也不好意思引用全詞。但透過小說家之筆，一句粗話，賣菜女子的形象栩栩如生，而當年施營長「飛揚跋扈為誰雄」的英姿也彷彿再生。也因為炒韭菜，我對施營長的記憶，一點一滴的，浮現出來。遂以炒韭菜的施營長為起，襲用張大春尋人之意，以「流動人口」為系列名稱，寥寥幾筆，草記一些在時間長河中，和我交錯而過，又漂流遠逝的人事因緣。

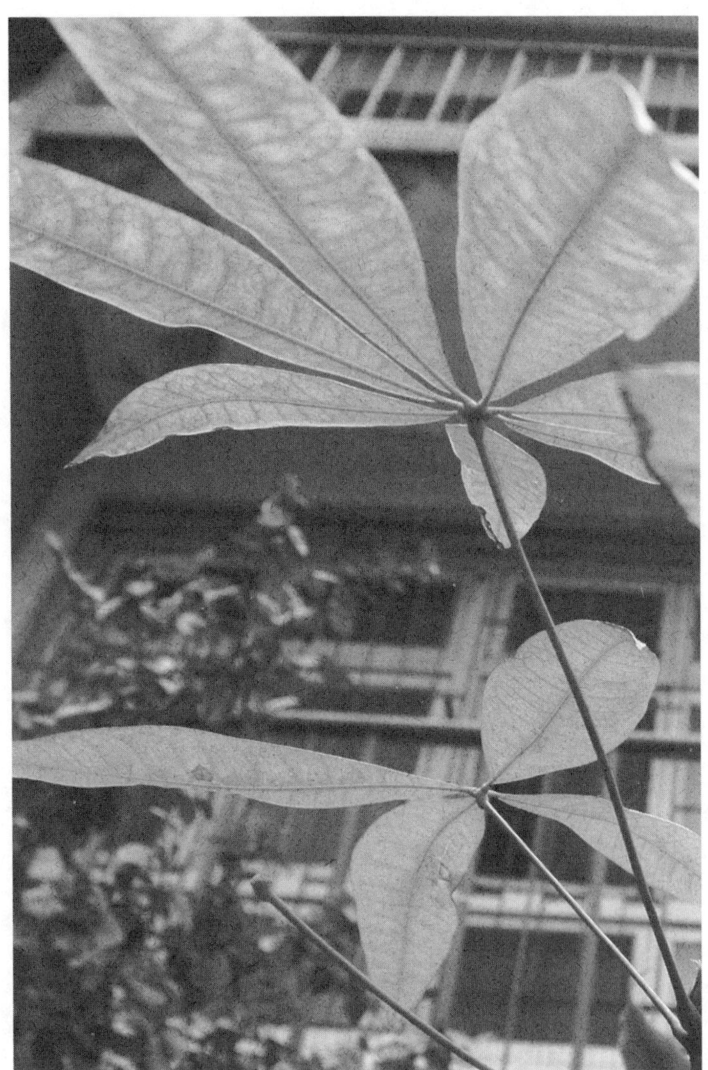

我在桃園市區度過二十春秋。
這個淳樸小鎮，後來
暴發戶般，蛻變為我所不識的擁擠都會，
彷彿台灣社會的縮影。

十八萬

俗話說：「當兵當三年，母豬賽貂蟬。」更何況分發到鳥不生蛋的小金門島嶼，更何況碰到比母豬好上一百八十倍的美女。可以想見，聽說十八萬要到我們旅部所在的「南塘」開店，大夥都很興奮，儘管輔導長三令五申告誡官兵，不要沾惹十八萬。

小金門遍地荒涼，哪裡開了冰果店，我們瞭若指掌。有冰果店就有女孩子，她們顧店跑堂，個個成為士官兵的夢中情人。十八萬的店開幕當日，高朋滿座。實在講她不算頂美，個兒也矮了點，然而顧盼之間自有風情，尤其搾果汁時，似笑非笑，斜側著臉，任長髮披散肩頸的慵懶勁兒，貂蟬哪能相比？

很快的她和士官兵打成一片，有些熟客她還喊得出名字和綽號。她不只是街花，也許還是島花，至少好些別營區的弟兄不遠數里而來，只為一睹她的風采。

十八萬的店開在旅部營區前面街上。短短一條街，十幾家店舖，一兩分鐘就走完了。我在旅部當參謀，閒來無事，不是在營區邊看海，看對岸的廈門島，以及漁船點點，就是到出租店租武俠小說。十八萬來了之後，隨弟兄來吃吃喝喝的機會也多了起來。每次看她，不免揣想，這樣姣好的女子，怎麼會是傳說中的十八萬？

十八萬，是她的封號，也是一組數字，講白一點，就是仙人跳的價碼。據說她設下仙人跳，對那名弟兄索價十八萬。但這項傳聞版本甚多，或云她才是受害者，十八萬是男方給她的遮羞費，或云女主角其實是她姐姐。真相如何，事隔多年不好查證，她就成為十八萬了。

別小看十八萬，她不是花瓶而已。冰果店設有撞球台，弟兄們邀她敲桿，她總推說顧店太忙。有一天她才說，忙是藉口，真正的理由，「你們喲，不是我的對手啦！」她說。

十八萬這樣激將，於是有弟兄向她挑戰且誇口：「我如果輸了，在場所有人的飲料，我請。」

比賽當天，冰果店擠得水洩不通，大家不僅來湊熱鬧，也來欣賞十八萬敲桿的無限風光，或許應該說無限峰光吧，十八萬一彎腰，所有目光聚焦於她的領口之下。挑戰的弟兄什麼姿勢都有，背後出桿、爬上桌緣，看似瀟灑，卻沒多少表現機會，十八萬氣定神閒，不用花式，不用怪招，一桿一桿，秋風掃落葉般，子球一一落袋，精準俐落，大家看得目瞪口呆，大嘆她的球，不，她的撞球，居然打得這麼好。

一個月後，傳來部隊移防回台的消息。這種消息，聽太多次了，我在小金門半年來，不知聽說多少回，最後證明都是放羊的孩子亂亂喊。這回煞有其事。輔導長下令，守口如瓶，不可洩密。「尤其十八萬，不要她對你一笑，什麼都講出來。」

可是不久十八萬還是肯定的告訴我們，某月某日我們就要回台灣了。幸好保密防諜成效不錯，十八萬的情報有誤。又過了一個月，我們這個部隊移駐台灣。退伍多年，小島一草一木教我懷念，懷念那一段前線無戰事的悠悠歲月。而曾經相識的冰果店女子，什麼阿香、小月，只記得名字，影像完全模糊，只有十八萬，形象深刻，羅縷記存。後來我向小金門回來的朋友探聽，無人知道什麼十八萬十九萬的。即使現在戰地開放觀光了，也無從打聽，更不須打聽。就讓十八萬藏在記憶中好了。

老排附

印象中，士官長不是管衣服棉被補給品，就是彈藥軍械，而他，什麼都不用管，卻什麼都管。有人說他是地下連長，也有人稱他老蓋仙，而在他面前，我們都叫他「老排附」。

在下連隊前，就有好心同僚指點，不論分派到哪個單位，只要和士官長關係打點好，食衣住行公私雜務，樣樣免操煩。如果惹火了這些老芋仔，那就水深火熱，嘿嘿嘿嘿。

也許緣於個性，剛到這個連隊，不知如何和士官長打交道，整天只看他牽著狗，東晃西盪，開飯前，會聽到他用尖細而帶點京戲腔調的一聲——開飯囉。

和老排附熟稔，是在幾次酒足飯飽之後。老排附燒得一手好菜，興致一來，便親自下廚，辦桌酒席，讓我們嚐嚐他的手藝。在軍隊，能打牙祭，是前世修來的福，更何況吃他的菜不必客氣，不，應該說不許客氣。一見你筷子休耕，便急著追問：「不好吃啊，怎麼不吃了？」

這種問話，總在「好吃！好吃！」隨即夾起一塊大肉中應付過去。別瞧老排附平時大喊大叫的，如果嫌他的菜太鹹肉太硬，他便一言不發，露出沮喪的神情；倘若稱贊他幾句，又眉飛色舞，陶醉不已。那表情，就像他在「想當年」時一樣。他的當年，和其他士官長的回憶錄沒兩樣，永遠是雄姿英發，功業彪炳。然而不知為什麼，時常，酒酣耳熱時，我便想起在廚房的老排附，立在大鍋前，鏟子鏗鏘如刀戈齊揮，柴火劈啪若硝煙共舞。那雙強而有力的手，三十年前，或許更久之前，曾經是槍林彈雨中緊握刀槍的手，想當年……。我常由此聯想出蒙太奇的電影畫面，從兵荒馬亂到杯盤狼藉，每每令醉眼矇矓的我，五內翻湧，血脈賁張。

然而，再震撼的畫面又如何？對我們這一代，遙不可及，對那一代的老兵來說，也只是記憶深處的悲涼與傷痛。正如我們老排附，平日依然蹓蹓狗，散散步，心血來潮時，從彈藥庫、連部到廚房，找幾個看不順眼的小兵罵罵，然後自我標榜，要小兵學著點。

老排附不僅自我吹噓，連養的狗也被他捧上了天，有時罵起小兵，就是一句「比我這隻狗還沒用。」

也許就是這原因吧。有些小兵對老排附的怨懟，便發洩在他的狗兒身上。有一回老排附外出，幾個小兵幫他的狗兒打手槍，吆喝聲中，只聽到你一言我一語的「出來了！」「有夠快，跟老排附一樣快！」

老排附是小兵心目中的「快槍俠」，這是有典故的。某次假日，幾個士兵和老排附一道上賓館打砲，只叫來一位小姐，大家湊合湊合，說好辦事的在裡頭，沒輪到的就在外頭等著。輪到老排附時，進門，出來，出乎意料的節奏特別快，大夥竊笑，也驚訝於老排附的爽快，「就算一下子清潔溜溜也要待久一點。」老排附知道了，把這些小蘿蔔頭訓了一頓：「我操他奶奶的，要不是體恤你們，我幹啥這麼早出來？就憑我，真要拚個一兩個鐘頭，讓你們等到死，你們受得了嗎？」

老排附的吹捧功夫，年輕的連長也看不過去。老排附自稱可以一口氣劈碎八塊磚頭，有一天連長便叫士兵如數擺在連集合場。

老排附的房門正對連集合場，看到這場景，問是做什麼的，傳令兵說：「報告排附，聽說你會空手道，連長想請你示範，教教弟兄。」

老排附不理不睬，轉頭回房間。隔幾天後，終於忍不住，找個機會昭示眾弟兄：「不是排附不表演，這玩意不是隨便人可以學的。我亮幾招，漂亮是漂亮，你們跟著比畫，沒我這底子，內傷了，怎麼辦？那些磚塊對我來說像草紙一樣，想當年……」

又有一次，某班長退伍，在中山室我們擺了一桌歡送。老排附誇下海口：「我要讓你們統統躺平。」

然後就是觥籌交錯，划拳吆喝，原先嚷嚷不斷的老排附，聲音漸漸瘖啞。

「別再喝了，排附。」有弟兄發現他不勝酒力，好心相勸。

老排附哪肯認輸，拿起空酒瓶往杯裡倒。

「怎麼倒不出來啊？」老排附用力擰瓶口，就像扭乾濕透的毛巾，醉裡不失幽默，惹來哄堂大笑。後來聽說老排附到廁所吐了一陣子，不久就回寢室睡覺。據安全士官描述，半夜裡老排附還捧著一盆穢物傾倒。第二天，我看到他，有氣無力的，和平日虎虎生風，判若兩人。但是一堆小兵還是如昔捧捧他老人家，「排附酒量好棒喔！」「排附好勇！」

那一夜我失眠，回想起一個月前，我和另一位排長在老排附房裡聊天。老排附指著吊扇，告訴我們，那挺貴的，別人捨不得，他說買就買。我看啊看的，居然看到「軍人之友社」一排小字。

然而，不論如何，老排附的確有一套，年近六十，做起伏地挺身，決不含糊，擒拿術更是爐火純青。再頑劣的士兵，碰到他也不得不雌伏。聽說有一晚，連上幹部不在，部隊亂烘烘，老排附洗澡回來，身穿內衣、內褲，紮上一條S腰帶，配掛著不知打哪來的手槍，集合全連，開始訓話，地下連長之名不脛而走。

不過，隨著幾次挫敗，這種威風漸漸不再。我退伍前兩週，部隊移防陸軍官校，擔任勤務工作。由於官校的特殊環境，無法養狗遛鳥，老排附頓時寂寞了好多。好不容易發現駐守禁閉室可以擁有私人空間，卻因階級不符，被迫遷離。在送我退伍的宴席上，老排附沈默不語，不復激昂。而再幾個月，老排附也將退伍。他比一般老兵幸運多了，在台東有片牧場，一個台籍老婆在等著他，兒子官拜上校，奔波大半輩子，應該可以安老了。

只是我懷疑，真的能夠安享天年嗎？中國現代史的燒痛，烙印在他的傷口，即使解甲歸田，他能忘卻嗎？退伍多年後，在戰士授田證及大陸探親的熱門話題中，不斷的，我想起這位老當益壯的士官長，念及我們對他有過的揶揄，不禁愧疚萬分。

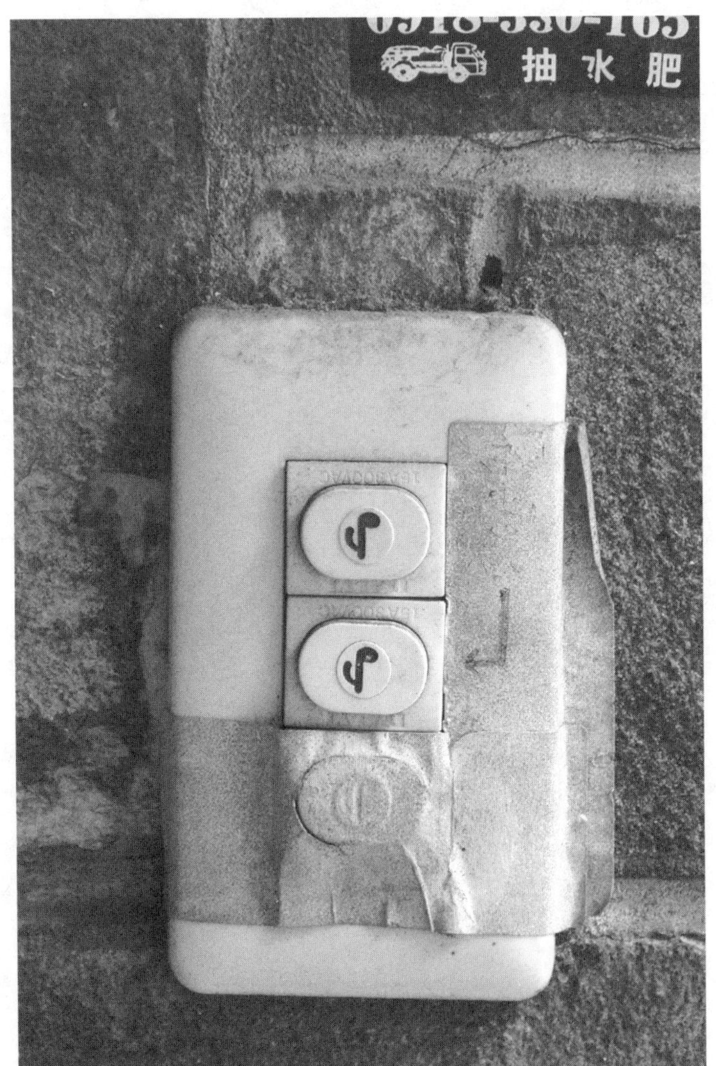

桃園舊宅二、三樓閒置多年，外婆往生前住在一樓。門鈴音符可曾見證我的慘綠少年？

線民

十七年前過關斬將考進這家公司的出版部門，不久就辭職了。當時的不滿甚至不屑，如今回首或許多了一分感謝。近廿載我在文史之外，對組織管理、領導風格、企業文化和人事制度，依然保有極度興趣，依然關心、留意、思索，和這家公司有相當的關係。

上班頭一天就有同事恭喜我，說我上了賊船。天知道在這之前，同一年我已經換了三家公司，沒領到半毛錢，流離坎坷。管它是不是賊船，只要能航海渡洋，載我脫離貧窮海域，就是好船。

這家公司規模不小，薪水一定準時發放。賊船指的是董事長的管理風格。董事長開工廠起家，即使後來辦出版事業，對員工仍比照工廠作業員在管理。

我們編輯部各個小組都在一個大辦公室，桌子一列一列，直通到底，一目了然，誰也不敢混。我是菜鳥，怎麼規定怎麼做，乖乖的排排坐，兢兢業業，不敢造次。連上廁所都是速去速回。

每次進出廁所都會經過櫃台。這個櫃台是送往迎來的樞紐，和辦公室隔著透明玻璃門，門禁森嚴，訪客到此止步，等待通知帶位，而員工如廁要經過這裡，走到十幾步外中央大樓共用的洗手間解放。如果因事外出，必須在這裡的登記簿填註進出時間。

我們的櫃台兼總機小姐，應該稱為小妹，還在讀高中夜校，頭髮短短的，十分可人，我很快就和她混得很熟。但我上班不到兩週，小妹離職了。她私下向我吐露當爪耙子的掙扎和痛苦。原來董事長事業版圖龐大，很少來出版部門視察，必須布眼線。小妹便肩負監看監聽的糾察隊任務，午休時間到，她要開燈，並且留意哪位仁兄仁姐還趴著午睡，把名單記在小本子裡，作為供堂證物。此外上廁所太久，或藉如廁彎進電梯裡尿遁，也要登錄下來。

小妹兼總機也辛苦，所有外線都要經由總機轉接，「請問哪裡找？」朋友、同學不可以，家人是哪位家人，問清楚才轉接；員工打出去的外線必須一五一十登記在桌上的電話使用登記表，打給誰，電話號碼、受話人、事由。我剛到狀況不明，有一次未據實填表，第二天小妹進來告訴我，昨天幾點幾分某一通，我沒記錄。後來我才知道每通電話都在總機那裡按日列印，哪隻分機打了什麼電話，都查得到，至於何人所打，只要先前打過，也可藉交叉比對查出來。小妹算是很機靈的。機靈的人為什麼要做這種偷雞摸狗的事呢？於是她辭職。

好不容易認識的同事要離開，總是傷感的，但這種傷感幾乎每天都在進行，我去的第一個月，就走了將近十個人。每兩三天就有同事來告別。

新任的小妹機靈不足，經驗不夠，無法勝任監控大任。這麼一來我們可苦了，打卡次數增加了一回。除了上下班，午休後也就是一點半還要打一次卡，以防有人吃飯、午睡太久，不按時工作。

這樣的企業文化，有紀律，沒創意；有氣力，沒活力。很難說好不好，有得有失。至少一個口令一個動作，唯嚴峻的董事長是從，不難做事，至少公司沒有上班期間抱著電話猛講的傳統公務員。

只是董事長沒想到道高一尺魔高一丈。最會講電話的，要算坐我後頭、隔著中央走道的裕子。

裕子名如日本人，長得也很有東瀛味，頭髮削短，清湯掛麵，看不出來兒子上小學了。她主編一份出版市場雜誌，聯絡的都是出版名人或名作家，讓我羨慕得要死。也因此她使用電話頻繁，但最特別的是董事長不在時，她常一講就是一兩個鐘頭，有時窩在桌下窸窸窣窣，非常神秘。

我一時好奇，察看他桌上的電話使用登記表，但不見任何紀錄。也許是打到分機給公司同仁吧，我猜。

有一天，上班時間還沒到，我和幾位同仁早到，裕子也在。突然傳來震耳的拍案聲。只見一位男人，站在裕子前，桌上一張紙，「你馬上簽。」「操，你以為我不知道昨晚你跟誰在一起？加班要騙誰？」

裕子臉色凝重難看，一言不發，簽了字。

事後我從她鄰座女同事口中知道，裕子常打的分機原來是行銷部門的主任。不過討論的不是什麼圖書市場、產銷合一的主題。他們甜言蜜語，互通款曲，以合法掩護非法，董事長和我們都被蒙在鼓裡。

裕子禍不單行，過不到兩天，聽說雜誌部主編凌小姐在董事長夫人面前發飆。八卦消息傳得快，很快我們聽說新聞內幕。一個月以前某周日裕子在公司加班，郵差送信來，裕子發現有寄到公司給凌小姐的美國航空信，偷偷拆開，一讀，竟然是凌小姐的外公——外面的小老公從美國寫來的信。裕子把信影印，轉寄給凌小姐的先生，情事曝光。

女人和女人的鬥爭往往遠比男人和男人的鬥爭更慘烈，裕子很久以前就和凌小姐槓上了，據說源起於一次公司茶會的撞衫事件。兩人又同為董事長的愛將，此後明爭暗鬥。

凌小姐夫妻大吵一頓，離婚或和好我不知道，只知道凌小姐怒不可遏向董事長夫人告狀後不到幾天，裕子就離職了。

多年後我在冰淇淋店巧遇小妹，她問我記不記得她？我說記得，你是線民。哦，為什麼我是線民？我說可不是嗎？又是董事長的眼線，又是電話接線生，這不是線民是什麼？說完我突然想起裕子，她不也是線民？抱著電話相思一線牽，又當線民去打小報告，只不過運氣太差，事發，離婚又離職。

多年來我一直在思考組織紀律和個人自由的分寸，尤其「創意人和管理人的戰爭」這類題目我更感興趣。所以我要感謝這家公司，讓我追究思考並印證我想得對不對。因為我其實早有答案，我料準這家公司不會有太大發展，我相信獨裁政權產生不了文化創意，國家到公司都是如此。我待不過一季就離職了。

客廳桌面，
電視、音響、錄影機、影碟機的遙控器，以及書報雜誌隨手可得，
躺在沙發，
彷彿身處自給自足的宇宙。

我和唐飛毗鄰而居

記不得唐飛搬來的確切時間，只記得搬家前大興土木。問是誰要來住，建築師傅大大聲的回說：「參謀總長糖灰。」從參謀總長到國防部長到決定組閣，時間不算短。算一算和唐飛成為鄰居，也有一段時日了吧。

也因為大興土木，起初對唐飛印象不佳。

我家對門是獨棟的國防部官邸，深宅大院，高大的麵包樹亭亭華蓋，可遮風可蔽雨。每天晨曦微露，我總在麻雀、白頭翁和綠繡眼的啁啾鳥語中醒來，躺著辨聽今天哪幾隻沒來？

唐飛搬來前，每天施工，房子加蓋不說，麵包樹鋸了一大半，魚池被填平，魚兒魚兒不再水中游。我滿擔心居高臨下的幽勝不再。及至喬遷之日，衛兵送來一盒小禮，拿人家的手短，有的不滿也就罷了。

門口的崗哨有衛兵，可能也因此巷道雖狹隘，房價卻始終落不下來。

阿扁勝選，唐飛組閣的消息傳出，若干頭腦不清的人士把郝柏村當年組閣大遭反對一事相提並論，或謂這是民主的進步，或謂反對派有雙重標準，或謂政客弄權。這些豬頭言論，惹我不快。當年反軍人干政遊行我也參加了，反的理由很清楚，表面是反對槍桿子出政權，真正原因是不滿保守的非主流集團在總統政爭中扮演的角色，郝柏村是要角，他缺乏民主素養的形象，和唐飛的溫文儒雅、開明、中立，完全兩碼子事。

所以唐飛組閣，我非常高興。那一陣子，每早記者群集門口，等唐飛出門，問內閣人事——那後來在立法院被秦慧珠玩連連看遊戲時，因為不認識而過不了關的內閣人事。

唐飛歹采頭，還沒上任就住院。出院後，看他在加蓋的頂樓快步行走，我想他復健的心情想必很急吧。幾天後看他在政壇跌跌撞撞，看他求見該黨主席連戰被拒，看他被黨籍同志羞辱，他不高的個子，始終挺直，不卑不亢。

滿懷念唐飛，和他們家的小虎。小虎忠厚老實，成為衛兵無所事事時，惡作劇的對象。那一段日子，在家不時聽到哀鳴聲，待我衝出去英雄救狗時，卻查無實據，只能以不友善的眼光，向衛兵作無言的抗議。從此，只要我下樓，就是小虎的安全期。

有一天，我在午寐，迷糊間聽到狗兒尖叫，然後聽到衛兵喊說：「唐小虎，你可以逃避啊！」這句台詞成為我們家茶餘飯後的笑話。

後來，在電視新聞看到國民黨立委咄咄逼人，逼問唐飛：「他（阿扁）幾歲，你幾歲，幹嘛什麼都聽他的？」「你可以辭職啊！」，我就想起唐小虎。

拍照露臉只能一半。
因為年歲近百之一半，
書看一半，事做一半，歌唱一半，
總是一半。

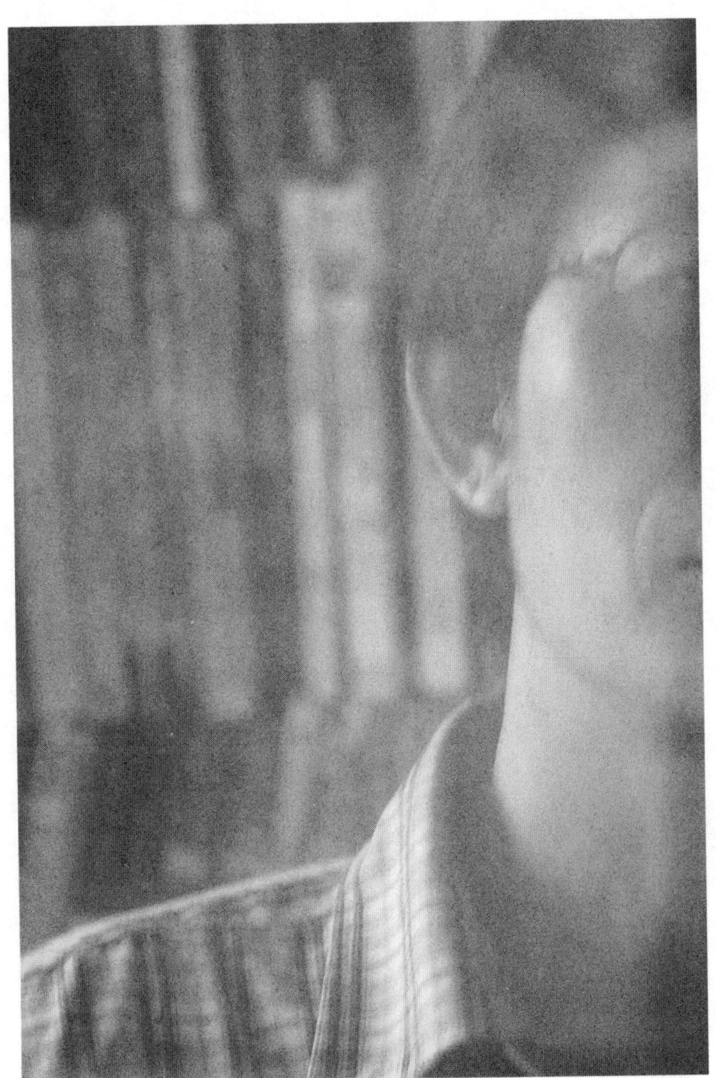

董爸爸

我這半輩子，換了無數工作，跟隨過N個老闆，我最難忘的，就是董爸爸。

董爸爸不姓董，他是我第一個公司的董事長。不知是不是受日本企業的影響，雖然經營的只是十幾名員工的小公司，但他篤信「家和萬事興」的道理，任用的男女主管，一定要已婚的。他說：「有家庭的，才會打拚賺錢。」

有些員工，前程看好卻未婚，董爸爸比他們的生身父母還急，索性扮起月下老人的角色，幫他們配對。

董爸爸不是要未婚員工去參加「我愛紅娘」之類的節目。他一有空就捧著人事資料研究，男女員工有合適的先撮合看看，肥水不落外人田嘛。（我每次看到「虎膽妙算」影集的開場，那個組長對著一堆相片挑選角色的畫面，就會想到董爸爸。）

有出色的女員工，那更是內舉不避親。有一次，坐我隔壁桌的美莉，午後好久才跟董爸爸雙雙走進辦公室。「這兩個在幹什麼？」我們幾個好事者，下班後開始猜測。

第二天，美莉的死黨阿芬偷偷告訴我們，統統猜錯了。原來董事長利用午休時間把美莉叫進座車裡，拿出一疊他兒子的照片，問說：「我兒子攏總這五個，你呷意哪一個？」

本來董事長心目中的金童玉女是美莉小姐和阿金先生，但阿金年紀不小，各方條件離金童太遠，這種配對讓美莉直喊噁心。何況美莉眼光不低，老董五子她一個也看不上眼，或許是對這種照片相親模式敬謝不敏。

美莉撮合不成，董事長轉向阿金，徵選新進員工，以年輕未婚女性為限，在幾個人選裡，據說找命相館排過八字，算定了和阿金可以湊合，才決定錄取。

除了婚友，我們的食衣住行，董事長都嘘寒問暖，意見不少。怎麼會有這樣雞婆的老闆，我當時不解，直到我讀了詹宏志《趨勢索隱》的一段文字，我才徹悟：「在一個公司做職員，彷彿進入『君父的城邦』。因為做老闆的，不只是想做你的老闆，他還想做你的父親，你的國王。」而這正是東方國家老闆的特色。

於是，我們乾脆叫他董爸爸。

【流離思索】

我的月經來過了，剛走

當我說，我月經來了，請不要罵我三八、變態，我是說真的。

男生也有月經也有生理期，不是我危言聳聽，也不是我發現的，說這話的人是著名的靈修大師奧修（OSHO）。他說：

男人月經的表現很微妙，女人的表現是身體的——妳每個月都能看到血，但如果每個男人都寫日記，將會感到驚訝，每一個月，在二十八天後，有四、五天的時間，他的脾氣會變壞，就像女人變得易怒、被小事煩擾一樣。……他的月經比較是心理的，而女人的月經比較是生理的，那是唯一的差別。

儘管我原先不信，以為大師誇大其辭，故作驚人之語，但我還是暗暗記下情緒波動、脾氣不穩的日期，取代我沒有恆心書寫的日記。幾個月下來，檢視週期，赫然發現大師不我欺也。不同的是，週期不是二十八天，而超過三十日。一如每位女性不盡然週期相同且規律。

女人的月經，俗稱「好朋友」、「大姨媽」，又稱「那個」，按月報到，從青春期到更年期如是數十年。如果「這個月不會來了，下個月也不會來……」可能是懷孕；如果以後都不會來了，大概已邁入更年期，也就是若干男性沙豬所謂的「不再是女人」、「中性而非陰性」。這東西來了煩惱，不來苦惱。男生幸運得多，不必防量多側漏，不必怕痛得暈倒，行躺坐臥一如往常。但心理的癥候也夠麻煩。大師建議男人應記錄生理週期，夫婦互相諒解，對方月事來臨時，應當多包涵容忍，避免衝突。

奧修所以扯到這個話題，是要告訴世人，女人一樣可以修行成道。東方許多宗教門派，比如奧修點名印度的耆那教，他們認為女人的月經，使她持續有性慾，不能成為真正無慾的人，因此無法成道。唯一的出路是接受身為女人的命運安排，服務她的丈夫，下一世或許有機會投胎為可以成道的男人。

奧修反對這種前世因果說，他並且說，如果月經妨礙修行，男人也有月經，一樣不能成道。

我厭惡男性霸權，聽到大師這麼說，感覺過癮。幸好奧修告訴我男人的月經情事，否則巨蟹座陰晴不定的情緒已經夠麻煩，每個月又有幾天焦躁不安，還自以為得了躁鬱症呢。雨過天青，我的生理期剛過，又可以更新貼文了，真好。

因為惜物，
因為從小依戀紙張，
在環保意識還未高漲的年代，回收的影印紙便堆滿家裡好幾個抽屜，
空白背面草就的草稿，也成為我情緒的
出口。

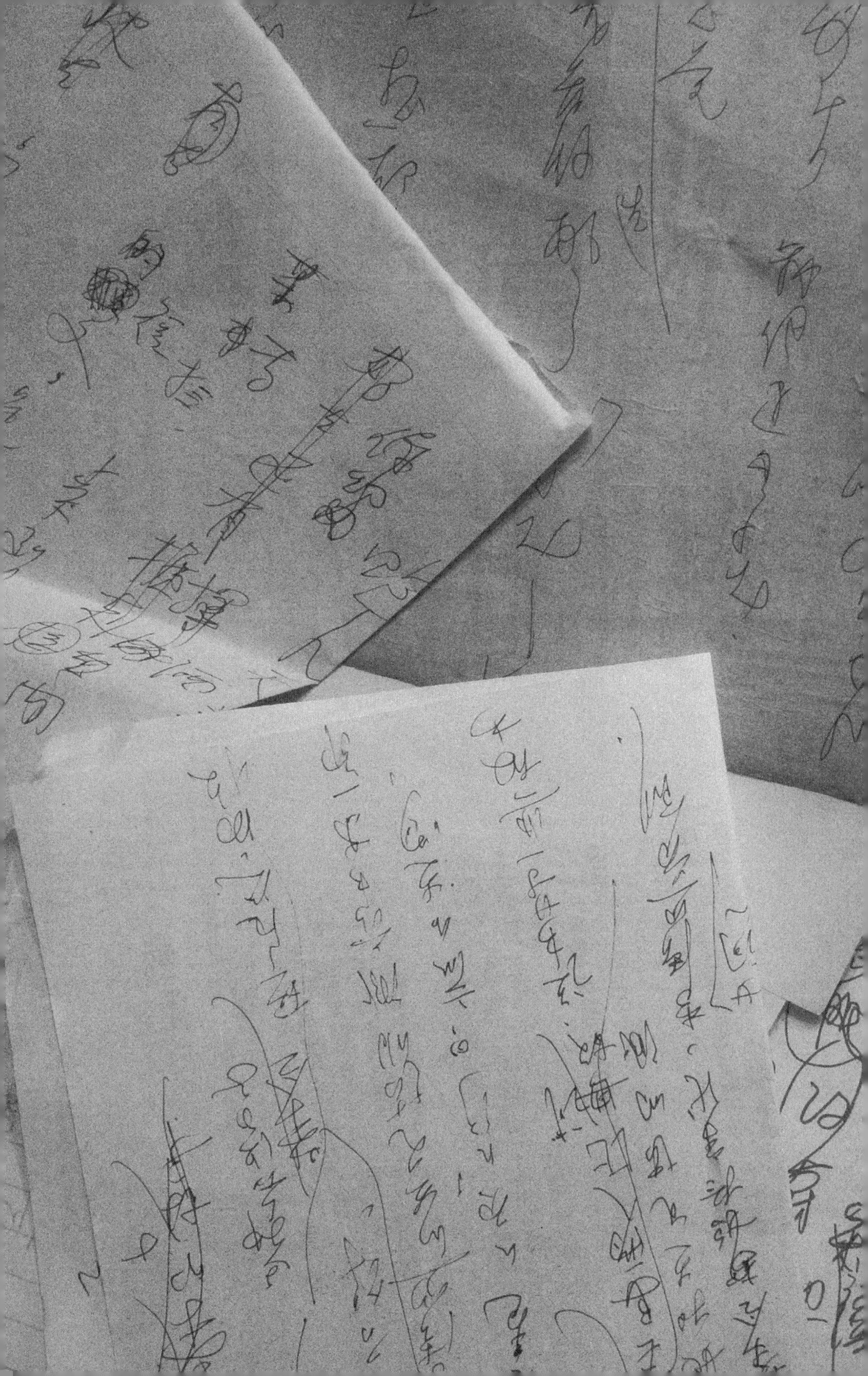

在我們的王國裡

在我們的王國裡，沒有黑夜，沒有白天。一離線，我們的王國便隱形起來了。這是一個曖昧的國度，王國的疆域，其實狹小得可憐，不過十餘吋的螢幕和更小的鍵盤，卻咫尺天涯，通向寬廣未知的世界。在那個世界裡，我們經常把自己隱藏起來，和身外紛擾的天地暫時隔離。

我們不是白先勇筆下獨自徬徨街頭，無所依歸的孩子，然而，我們這群網路孽子，沒有家世，沒有師門，像個跑單幫的個體戶，靈魂有時群聚相濡，有時無所依泊。我們以慣用的密語溝通，用約定俗成的符碼表達，網內通行無阻，往外卻很難和非數位的族群分享來自王國的喜怒哀樂。在他們眼中，我們早被汙名化，好事不出門，壞事傳千里：涉世未深的少女被網友性侵害；警察釣魚，網路援交，一百公斤的胖妹、系統工程師、國立大學生被逮；國道自拍，視訊裸身，病毒肆虐，垃圾郵件氾濫，網路拍賣詐騙，謠言大量複製且ＦＷ。誰對透過電子報做公益行銷的報導有興趣？誰想知道什麼人藉由電子報和網站做書寫治療、找回自我的個案？

都說網路是虛擬的，許多論述扣緊「虛擬」而來，然而這個前提顯然不確。真正虛擬的不過是匿名這一部分。給我面具，裸奔不難，像《大開眼戒》電影裡那樣變裝覆面，裸體雜交誰怕誰？於是我們在匿名的保護傘下敞開自我，訴說心事，傳遞秘密，只要真實面目不被揭穿，有人告解，有人發洩，如變裝癖，如暴露狂，在網路遛躂，大膽玩網路性愛，大膽在臉部打馬賽克之外三點全露自拍張貼，大膽透過視訊寬衣解帶ＳＮＧ，大膽書寫，寫情慾，寫窩囊的念頭、齷齪的舉止，寫不堪的記憶、難為情的想像，讓見不得人的全部重見天日。網路環境看似虛擬，卻更能反映真實的性情，讓壓抑的真我還原。

更何況你可以用一個或N個ＩＤ代表身分，也可以以本尊現身。姓名的選擇權同時顯示你的應對策略和對網路使用的態度。

只不過不得不感慨網路是成也匿名，敗也匿名。因為匿名，總有形同黑函般不負責任的發言。有的討論區以百花爭鳴為名，行文革批鬥之實，劣幣驅逐良幣，網友不堪其擾不再發言者有之，被迫關板者有之；有的討論區管理良好，又不免招來一言堂之譏。拜匿名之賜，網路成為謠言溫床，適用於毀謗對手公司產品，適用於挾怨報復，毀人名節；謠言止於智者，網路上的智者尤其稀少。

說起匿名這檔事，真應了「若要人不知，除非己莫為」的古話。大多數網友保密防諜的功夫做得很差，極像鄭愁予詩中北地忍不住的春天，經常有意無意的，親手揭開身家背景的覆身冰雪而不自覺。「大腸」就是個典型。

「大腸」是我們所公認網路書寫的典範，不敢出櫃，卻在網路裡無所不說，我們這些圈外人，知道同志的各種心情、性情（性＋情），全拜大腸的言無不盡。隨著瀏覽人次暴增，粉絲（fans）猛灌迷湯，大腸high過頭了，在留言版閒聊中，像孫悟空化身為廟卻忘了變尾巴，從常去的三溫暖的地緣關係，從就讀科系的相關知識，從自己姓氏的特徵，一點一滴，分批吐露，竟被拼出全貌。事情傳遍校園，大腸黯然轉學，也從此消失於網路，僅和少數網友e-mail連絡。

要論不堪，大腸的境遇還比不上薇薇兒。薇薇兒，四十歲，交友網站的人氣女王。如果你逛過交友網站就明白，用滑鼠點進「按年齡分類」，十八到二十歲是一組，廿一到廿五，廿六到三十，……通常三到五進位，唯有四十歲以上打包為一類，四十也好，四百也罷，都一樣，雞兔同籠。網路四十古來稀，四十歲，不管男女，都躋身人瑞。人瑞組裡大半是戲謔式填上九十九歲等假資料的年輕人，其他多為端端正正的良家婦女。薇薇兒是異數，她用「花仙子」之名，擺性感的姿態，貼姣好的照片，從自我介紹、留言版到心情日記，文字遊走於尺度邊緣，被挑動的曠男不知凡幾。薇薇兒和他們通信、通話、見面，往後發展大部分必須打上馬賽克。他們不會知道，自己像針孔攝影般，在薇薇兒另外架設的網站中，被她鉅細靡遺的敘述著，每一個言行，每一次床技。不，薇薇兒不是變態狂，不是黃春明筆下〈莎喲娜拉．再見〉裡把每個女人恥毛拔下貼存的色男。她以書寫為情緒找出口。三十歲情變後周旋於各種男人，誓言不再為男人心碎，她尋尋覓覓，在真命天子出現之前，情人如過客，她把每一聲達達馬蹄化為文字。三十五歲為分水嶺，之前在pub，之後在網路。每一份都記錄下來。她隨貼隨刪，避免不必要的誤解和麻煩。

有一天，薇薇兒欣悅的和大家分享她的戀情，說找到情人了。交友網站那邊認識了真命天子K君，好像從此王子公主就要過著幸福快樂的日子。忽然有一天，她不見了，網站棄守，包括「花仙子」在交友網站登錄的資料。我們幾個透過留言版互通有無的狐群狗黨，日後接到她寄來的電子郵件，才知道，她在自家網站唯一見過的網友，L先生，對她一見傾心，當她自曝和K君的戀情，L先生心有不甘，利用網路的搜尋系統找到K君的e址，把她的性史網頁傳過去。K君受不了她的淫穢，拂袖而去。

不是隨寫隨刪嗎？原來他迷醉她的文采，全用html檔儲存了下來。她心力交瘁，從此消逝。這件事情給大家教訓是，不要和有儲存資料習慣的網友交往。

薇薇兒算是有勇氣、有姿容、有本錢可以從網內互打到網外相見，網路上多得是見光死的恐龍、青蛙。網聚變數多，從此謝謝拜拜再連絡的屢見不鮮。若要為網聚作詩定調，或可改寫蘇東坡的詩，曰：「橫看無嶺側無峰，遠近高低都相同。識得廬山真面目，只想撞死此山中。」

但是網友之間若但憑網上相見，往往斷線即天人永隔，杳無音訊。人間無常多變，此身雖在堪驚，網路之翻覆不定卻更教人惶惶無力。或者好好的網站企業母體垮了，覆巢之下無完卵，所有網路平台掛掉了，結束了；或者主人親手扼殺，從此消隱不見，連人帶文，無復尋覓，長期的點擊閱讀，頻繁的哈啦留話，灰飛煙滅，比絕版書漸凍漸亡來得倉卒，比雜誌日後還可以在舊書攤相逢來得無情。或者，在聊天室那個很談得來，幽默，善於安慰，分享，生我者父母知我者你也的那個人，不再進來，無影無蹤，來不及留下e-mail，來不及交換MSN，或者e-mail石沈大海，MSN總是off line。屁股拍拍走人了，不，連對方屁股長什麼樣都沒見過。花非花，霧非霧，夜半來，天明去。來如春夢幾時多，去如朝露無覓處。至此恍若隔世，惶惶不可終日，繼而恍然大悟，網路如人生。《金剛經》何異於《網路經》？「一切網路法，如夢幻泡影，如露又如電，應做如是觀。」

面對突發式的消逝，有人黯然神傷，有人心急如焚。最糟的是錯把網友當浮木，在沈溺的人生裡沈溺於網路，錯以為網上浮木能把人引領上岸，豈知捲進更深的漩渦。若經媒體報導，就有人生導師出來訓誡網友：網海無邊，回頭是岸。

網路不確定感有時反而讓人更加執著，難以揮灑看待。書寫亦如是。「生命的確就像一場夢，無數的影像從眼前經過，然後消失了，永遠不再回來，你不能確定是不是真正經歷過某些事情。」中國女作家林白在《一個人的戰爭》如是說。確定的唯一方法，就是用文字捕捉，白紙黑字。用電腦寫作就像作夢，關機就像夢醒，但像林白那樣認為剛寫的東西看不見，因此每寫完一篇小說一定得列印出來。在這種緊張、不安的狀態下寫作，怎能專心書寫？最後不得不放棄電腦寫作。

林白小說所描述的不過是少了列印的動作，便這樣令人不安不定，遑論人人聞之色變的硬碟故障、檔案毀損。「我偷懶，以為倒楣事不會輪到我，我不曾定期將資料備份儲存。重灌之後，所有文字檔案彈指間消失無形，好像不曾存在過。我甚至懷疑它們曾經存在過。」好友R在不知名、無預警的電腦掛點後驚魂未定的訴說劫後餘生的心情。所有經歷電腦巨變的人，尤其早期系統不穩、備份不易的年代，都能體會這種驚悸。有人飽受書稿毀棄在硬碟裡的悲慟，有人嘗到線上打字時當機而不再有靈感、力氣的慘狀。再回頭已百年身，彷彿經歷巨變，腦部受傷，失去記憶，拚命回想卻隱隱約約拼不成完整區塊。

R是電腦白痴，勉可打字，其餘一概不通。失婚後，三年來，憂鬱成症，藉書寫療傷，隨寫隨寄給一名網友凡十萬字，不曾公開貼文，且天真的毫無存檔。某日硬碟格式化後文字無存，痛定思痛，重寫，往事翻湧，又經半年，補綴完成後，向該網友告知此一網事災厄。「傻瓜！」網友罵道：「你寄來，我看完即刪，但還在資源回收筒啊。你重寫幹嘛？我調出來還給你。」R感激之餘，經比對發現新舊稿件竟有甚多情節出入，怎麼三年來回憶點點滴滴，再過半年，不但觀點有異，觀感不同，竟連事實都出現相異的版本？然則是傷痛中所記得的為真，抑或書寫療傷後為實？又或者以上皆非？

謹慎的人，狡兔三窟，以前用磁片，現在用隨身碟；還用附檔方式寄放在網路郵局，儲存於網路硬碟，張貼在公開的和秘密的網站，文章、照片、影音、通訊錄、我的最愛，為檔案備份，為記憶保險。為什麼網路上的東西這麼慎重？比現實還看重？居家的書籍、日記、文件豈不怕被偷被火災、水災、地震等天災人禍所毀？為何很少有人做好防範措施，諸如把日記、文章鎖在保險櫃裡。是不是因為網路無常，令人沒有安全感？然而我們為什麼要保存那麼多記憶？自己的、別人的文章，ＭＳＮ的聊天內容，ｅ來ｅ去一封一封？我們為什麼怕失去記憶？

其實在網路上不止於浪漫的抒情，更有嚴肅的書寫。常逛網路的朋友，外行看熱鬧，內行看門道，得門道而入者，每每嚇出一身冷汗：這年頭會寫文章的人怎麼那麼多啊？不是近年突然冒出頭來，只是以前沒有機會發聲。許多好文章原生於網路，許多寫手棲身於網頁，不去投稿不闖審稿的關卡，不在乎能否得到編輯關愛的眼神。在文字的王國裡，人人是國王。

從牢記ＤＯＳ指令到看圖點圖的視窗操作，從倉頡打字到口語輸入，電腦使用愈來愈簡易。從撥接到寬頻，上網愈來愈方便。直到現在，歷經網路泡沫化，商業力量主導網路一如影視媒體，仍有相當的革命者，無悔無怨，不計譽毀，不斷發出光和熱，藉由網路的便利迅捷低成本，傳遞各種社運理念：環境保護，左派思想，社區改造……。更多的小眾文學、前衛藝術，在網路發聲。我們王國裡什麼子民都有，串門子樂趣無窮。雖然有時不免被以訛傳訛的反智動作，以及喜新厭舊的網路特質所惱，但這個王國是如此美麗，曾經滄海難為水，網路情緣一如張愛玲的半生緣，「我們再也回不去了！」

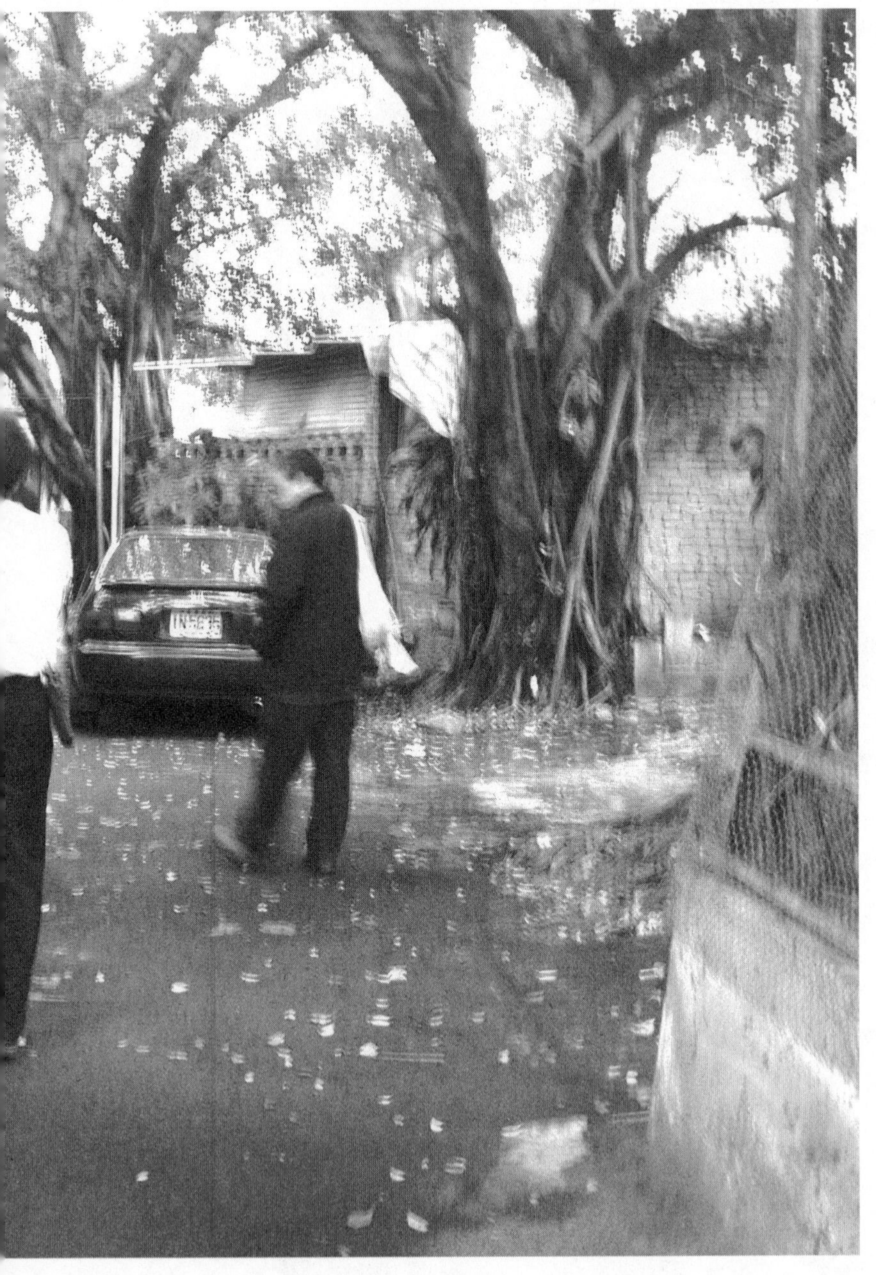

古意舊宅是否記得《家變》時期在屋裡伏案寫作的王文興？

路，一定有終點

因為不滿，所以追尋；因為追尋，所以發現。就在我對主流媒體塑造的同志形象不滿到極點時，我發現了《同位素》電子報。

想起年初和一位女性朋友的對話。當時她正沮喪於一場情變，夜涼如水，心寒似冰，她不平的數落男人的種種不是，然後話鋒一轉，說：「真希望能認識一位男同志，哪天他一覺醒來，被我的真情感化，變成異性戀者，我們就可以王子公主了。」

接著她開始歌詠同志，溫柔和善、善體人意、學識淵博、品味高雅、細膩體貼，彷若集人類美德於一身。

「誰跟妳講男同志一定這樣子？又為什麼在同志圈裡才找得到這些美德？」我不禁反問。

我沒問出口的是：憑什麼認定，一覺醒來，他的同志身分會突然改變——

不是嗎？她開始點名，三島由紀夫、紀德、王爾德、凡賽斯、洛赫遜、關錦鵬、白先勇、林懷民、蔡康永……，乃至同志小說裡的主角人物，哪個不多情，哪個不動人？

是嗎？一如詩人一定風流善飲，來自媒體的刻板印象正大量複製，沛然莫之能禦。文學作品本身也複製文學作品，當同志作家展開同志書寫，眼光卻僅限於自我的肚臍眼；或者當圈外作家有志於此，卻不願勤作田野訪察。於是，先進創作者的範本，電影、小說、散文，都是仿效的素材。不少作品，其實自戀十足，雅痞過度，而這些卻已成範本經典。

我不禁問道，那些知識水準低的，不知品味為何物的，中下階層的同志，都到哪裡去了？如果我們的作家，只關心都會的高級知識份子，無視於農民、勞工的存在，自有文評家群起伐之，然而為何對虛浮的同志書寫視而不見呢？

帶著問號，我意外的發現了《同位素》。報主小熊的發刊詞這麼說：

鄉土的同志不見了——所有的同志都被等同化成一個樣：二〇歲～三〇歲之間的台北雅痞、中產階級、梳基努李維頭、穿馬汀大夫鞋、知識份子，喜歡劇場藝術，追求流行與物品的質感、高消費能力……。延伸而成：同性戀是都市化之下的產物，一種只活在都會，或者因都會而生成的人種。

小熊說，他要讓老兵同志、失業同志、原住民同志等被同志主流遺失的同志說說話。

我看到這段文字很感動。

長久以來，關於同志的荒謬的、扭曲的、野蠻的、無知的論述，在主流媒體，在口耳相傳，在茶餘飯後間流傳。當一個族群的本來面目模糊失焦時，又如何被了解、被尊重、被接受。

像那位女性朋友的例子還算好的，至少是崇拜欣賞，沒有惡意，更多荒腔走板和極不友善的論調，由掌握發聲大權的寫作者或媒體工作者所散播。

諸如楊子，多年前他曾在《聯合報》專欄上寫一篇討論同性戀的文章，結尾指稱同性戀的形成，是因為他們排斥異性，只要放開心胸接觸，會發現異性的可愛，就不會再成為同性戀。

楊子是誰?他是聯合報的高層主管，在副刊開專欄，一開幾十年，寫得再差也不會遭退稿。即使這般沒營養的話出自其口也照登，照樣為廣大讀者所閱讀。

又如李敖，在主持的電視節目上評論許佑生婚禮時，直斥他們為「那兩個戳屁股的」。這不是刻薄，而是無知，以「唯性史觀」看天下的無知。

尤有甚者，電視劇或歌唱節目的橋劇，每有男同性戀的角色，輒以嗲聲嗲氣兼陰陽怪氣的語調發聲，以扭扭捏捏的身姿走路。這和國語連續劇中凡操台語口音者必俚俗的公式化如出一轍。

同性戀渴望被看見，但不是在凹凸鏡裡變形的折射體。這條路還很長，但一定會有終點。

附記：《同位素》電子報：http://enews.url.com.tw/isotope.shtml

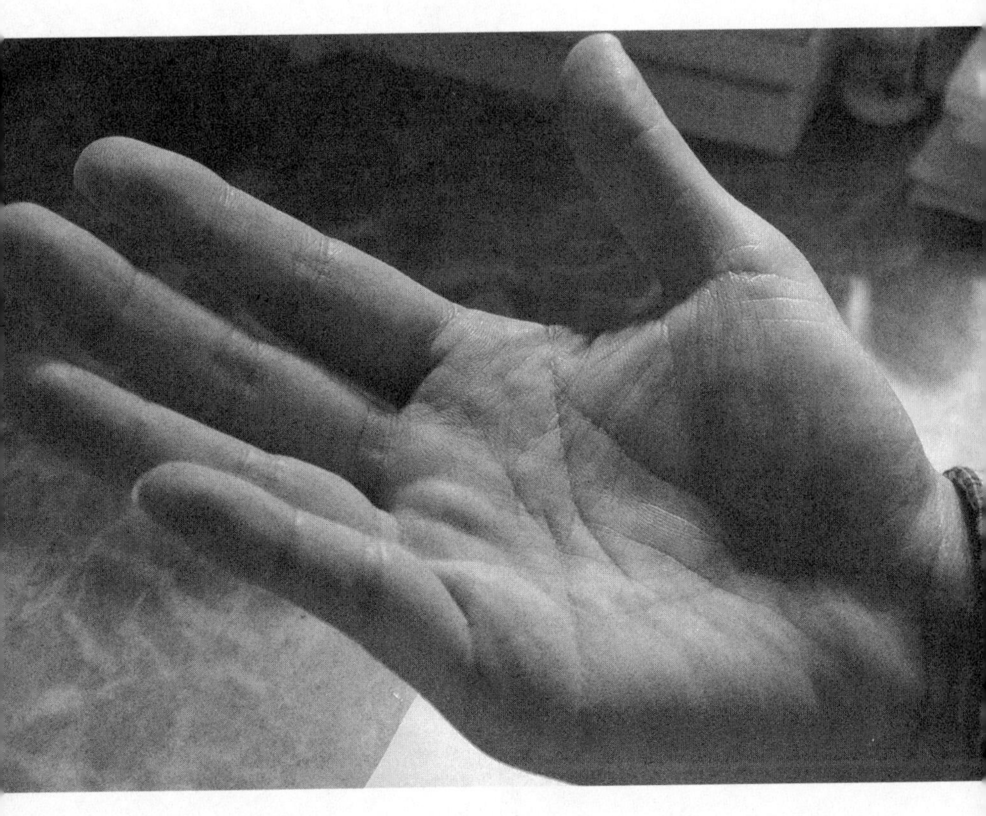

掌紋啊掌紋，
你還藏有多少
我所不能瞭解的自己？

馬子・馬桶——被誤解的字詞・一

有些黑話，流行一時，事過境遷，如煙消逝，淪為易懂或難解的典故；有些則與時具進，名垂不朽，如不死之身，世代交替，代代相傳，適用於各個年級而無代溝。

例如「馬子」一詞。

我上了高中才聞說這個名詞，先前涉世未深，有沒有這種說法不清楚。通常加上「把」、「釣」等及物動詞，做為找女孩子、獵艷、交女友的代稱。

現在偶逛BBS，發現以馬子代替女友的用法仍屬現在進行式。當年和馬子並流行的條子（警察），以及不太流行的性子（男孩子），似乎少見了。

起初我也跟著馬子來、馬子去了好幾年，但有口無心，始終不明白馬子一詞是怎麼來的，女孩子和馬看起來不太有關聯嘛！

直到大學畢業前，閒來翻閱《辭海》，查到「馬子」詞條，了解原義之後，再也不用「馬子」了。

《辭海》解釋「馬子」，說是「溲溺器也」，隨後收錄錢大昕《恆言錄注》引用《通雅》的一段話：「獸子者，褻器也；或以銅為馬形，便於騎以溲也；俗曰馬子，蓋沿於此。」

但《辭海》隨後又說，馬子本名虎子，唐人避諱，改為馬子，見《雲麓漫鈔》。

到底是虎還是馬？還是馬馬虎虎，馬虎皆有？原來，根據《西京雜記》的說法，漢朝就有虎子，以玉製成，皇帝大人要「嗯嗯」不用辛苦跑茅房，侍從端來虎子，方便多了。到了唐朝，高祖皇帝祖父名叫李虎，把這種便器稱為虎，大不敬，為了避諱，易虎為馬，稱為馬子或者獸子。

大概唐代以降的便溺器具名為馬子，因此衛浴廠商製成馬形，名實相符。這也是今日我們稱馬桶，而不稱虎桶、雞桶、牛桶、龍桶的原因吧。馬子後來又稱馬桶。

把女孩和馬桶（馬子）結合，大致符合一般臭男人的性愛想像，一如以茶壺為男、茶杯為女的意象。馬子一詞，讓我隱隱覺得藏有「御女」的潛意識，頗為沙豬。從那以後，便回歸傳統，規規矩矩的女生、女孩、女友、女子，不敢馬子來馬子去。

有書的地方就是天堂，
有書有影碟、錄影帶、CD的所在
就是天堂中的天堂。
我住在天堂的平方。

WATER BOYS

埋單·買單——被誤解的字詞·二

不記得哪一年起，常聽到「埋單」一詞。起初以為是「買單」，顧名思義，花錢買帳單嘛，媒體大都如此寫。後來才知道是「埋單」。但為什麼是這兩個字？莫非是花錢埋葬帳單，弔祭消瘦的荷包？

當然不對。讀陳原先生〈從「埋單」到「收銀」〉一文（收入《黃昏人語》，上海遠東出版社），原來埋單是廣州方言。在廣州，埋的東西可多了。船靠岸叫做埋船，住進客棧叫做埋棧，裡邊叫做埋便，入座叫做埋位，入席叫做埋席，入手叫做埋手，結帳和算帳則叫埋單或埋數。

由此看來，「埋」和「葬」大致無關，和「入」有關。否則一進哪邊就葬在哪邊，意象未免太過恐怖。

從前讀台灣史，有謂「台灣」兩字音近「埋冤」，象徵台灣的悲情。從此看到「埋」字，又多了一些聯想，除了入土的淒涼，還有母土的滄桑。

所以，儘管埋單才是正確用法，我卻不依。念買，三聲買，要買不要埋，避免傷懷。雖然單子用「買」的，不能減輕鈔票一去兮不復還時易水送別的悲壯，一如廁所不因改稱洗手間而比較芳香，但兵法「攻心為上」，心理作用皇帝大。

孝女白瓊・孝女白琴——被誤解的字詞・三

不曉得哪個人的夭壽創意，把職業哭喪的女子稱為「孝女白瓊」。又不曉得哪個不識字的白丁，或者白目，把「孝女白瓊」寫成「孝女白琴」，之後以訛傳訛，花車上經常出現「孝女白琴」字樣。

是可忍，孰不可忍？不可忍，想那孝女白瓊何許人也？看過早期黃俊雄布袋戲《雲州大儒俠》的四、五年級生，對孝女白瓊不會陌生，她一身素縞，手持哭喪棒，白幡上書寫「接引西方」四個大字。據說她遭逢喪母之慟，為了將母親的骨灰帶到聖地安葬，行走江湖。她不是弱女子，手裡的哭喪棒，一揮擊，轟雷震響，邪魔妖道嚇得魂飛魄散，非死即傷。但這樣的武功，應該不足以令殺氣騰騰的藏鏡人震懾落跑，然而為什麼孝女白瓊一出現，金光閃閃、瑞氣千條的藏鏡人就閃人？藏鏡人為什麼怕她？直到謎底揭開，觀眾恍然大悟，原來十惡不赦的藏鏡人，和孝女白瓊竟然是一對兄妹，藏鏡人不忍加害，只好閃避。

孝女白瓊的出場歌曲聽得人鼻酸心碎：

喔！媽媽，您要出門的交代，
永遠記得阮的心內。
媽媽喔媽媽，已經三年無返來，
思念您的女兒，每日心悲哀。
喔！媽媽，您的威嚴和慈愛，
永遠記得阮的心內。
媽媽唷媽媽，您是佇在啥所在，
無論天邊海角，欲找您返來。

這樣的形象太悽愴，給人的印象太深刻，不知何時起，殯葬業者索性把代客服務幫親屬痛哭嚎叫的從業人員命名為「孝女白瓊」。

從此現代白瓊的麥克風取代哭喪棒，為亡母哭泣轉為客戶家裡的死者哭啼。演技派的現代白瓊，搭車趕場，抵達喪家門口，披麻帶孝，下車，執起麥克風，平地一聲雷，「阿母啊」、「阿爹啊」，從棺前數公尺開始哭喊，及其至也，或跪或叩，或匍匐，或擊棺，哭號悲慟，撕天裂地。

不能用孔夫子「非其鬼而祭之，諂也」來質問現代白瓊，她們只是為五斗米而發聲折腰，該問的是，為什麼處理喪事要這樣哭哭啼啼？這是什麼樣的常民文化？更應該問的是，家屬答禮之外為什麼哭不出來，要找無血緣無交情的人代哭？這是什麼樣的倫理觀念？專業代哭的職業孝女，取名為孝女白瓊，本尊的孝女白瓊台下有知，一定很不高興。

更不可忍的是，這麼有名的人物，還有人寫錯名諱。孝女白瓊出道甚早，《雲州大儒俠》演了好幾代，還有她的戲份。沒知識也要有常識，沒常識也要看電視，只要看過收視率奇高的黃俊雄布袋戲，就不該把名字寫錯。

懷念白瓊，懷念雲州大儒俠史艷文，但願能重見孝女白瓊的身影，在電視螢光幕裡，在布袋戲節目中，不是在靈堂內，不是在棺木前。

高麗菜去高麗化——被誤解的字詞・四

聽說二〇〇三年十一月五日高麗菜和韓國泡菜的生意特別好，當天亞洲棒球錦標賽台韓對決，爭取奧運參賽權。從立委到球迷，從場邊到螢光幕前，不少人大吃泡菜、高麗菜，象徵吞下南韓，台灣球隊獲勝。

從結果論來看，日後碰到南韓，泡菜、高麗菜大概仍會像下酒菜一樣，成為事前祝禱、事後祝賀的黃金組合。不過說句掃興的話，如果只是好玩起鬨，如果只為求得心安，用什麼來象徵什麼便不重要；如果真的相信這類象徵意義能收到實質效果，真的相信寄託行動能產生魔咒力量，那麼不得不慎選祭品，以收「驅韓」之功。

至少大啖高麗菜是沒有用的。高麗菜並非原產於高麗，和高麗／韓國淵源不深，不是南韓的「國菜」，不足以代表南韓。因此，即使我們效法岳飛「壯志飢餐高麗菜」，也不能「笑談渴飲阿里（郎）血」。

高麗菜營養好吃，很少聽說誰不敢吃高麗菜，不像青椒、洋蔥、茄子嚇倒很多小朋友。高麗菜原產歐洲西部沿岸和地中海沿岸，正式名稱為甘藍菜。除了高麗菜，也有人稱它包心菜、捲心菜、洋白菜。十八世紀末傳入中國之後，地位遠不及大白菜。日本治台，引進甘藍菜，仍不得台灣民眾青睞。據說為了宣傳，日本人找來人高馬大的韓國（高麗）人，表現陽剛之美，（猛男秀？）宣稱這些韓國壯漢就是常吃甘藍菜才這麼強壯，又說常吃會有高麗蔘的食效，從此台灣人管這種菜為高麗菜。

另有一說：高麗菜和高麗人毫無關係。此菜原叫 ko-le（古代日耳曼語）。美式餐廳有一道高麗菜切絲拌點其他配料的「沙拉」（salad）涼食生菜，名字就叫 colelaw，這個菜名的前半 cole，就是 ko-le，正確的念法應該是「高－麗」，不是「高麗」。ko-le 傳進台灣，沿用洋名，讀如「高麗」，但無漢字，在書寫時，取既有的、音近的「高麗」兩個字，成為今人熟知的高麗菜。（一九三一年台灣總督府出版的《臺日大辭典》即收有「高麗」兩個字。）

這個說法比較專業，比較合理。前者之說，好像卡通片《大力水手》卜派吃菠菜後力大無窮的歷史版，只差菠菜未命名為「水手菜」。因為常吃蔬菜身體健康，延年益壽，但吃多了會讓身材壯碩慓悍的說法太沒常識。人又不是牛，不是象。

不管何者為是，總之，高麗菜不是原生於韓國的蔬菜。——韓國叫高麗菜為 yang-baechu，yang 是「洋」，baechu 是白菜，yangbaechu 意指「西洋來的白菜」。

西洋來的白菜，這一點中國古人並未搞錯。《本草拾遺》稱此菜為「甘藍」，說「此是西土藍也，葉闊可食。」從古到今，都沒說甘藍菜或高麗菜是從朝鮮或韓國傳來，雖然韓國有高麗菜，卻非原產地，也非特產。著名的韓國泡菜甚且不用高麗菜，而是用大白菜，醃以大量的鹽，以求白菜入味、軟化，之後沖掉鹽分，拌入醬料（辣椒粉＋酒＋糖＋魚露＋一些些水分），再加蔥、薑和大蒜。好多料，獨缺高麗菜，和以高麗菜、薑片、紅蘿蔔為主材料的中國四川泡菜迥然不同。

高麗菜富含維生素A、B2、C、K1、U，其中K1與U是抗潰瘍因子，具有治療胃疾及十二指腸潰瘍、緩解胃痛的作用，鈣的含量也高，難怪成為生機飲食打果菜汁時必備的食材。高麗菜這麼好吃，這麼營養，在球場上卻送給宿敵當特產，多麼矛盾。吃高麗菜、喝高麗菜汁都是人間美事，但用來當做克制韓國球隊的魔咒，可能功效還待考驗。

附記：高麗菜原名ko-le、今名高麗的來龍去脈，請參考吳照雄大作〈高麗菜：一個欺騙台灣人的漢化名詞〉：http://www.pctpress.com.tw/news/2525-3.htm

孤島上的西門町

除了慘綠少年時期為色情插片而買票進場，印象中，很少出了戲院後片名、劇情偕忘的觀影經驗，更遑論在同一家戲院看了數十部，卻只記得硬體結構，演過哪些片子不復記憶。東林戲院是唯一的例外。

東林戲院鄰近烈嶼（俗稱小金門）最熱鬧的東林街區。所謂熱鬧，說實話，台灣隨便一個鄉鎮的市中心都比它繁華。然而東林街早已成為官兵心目中的西門町，至少它擁有毗連的餐飲店、彈子房、小說漫畫出租店，以及全島唯一的電影院。

那是一九八二年寒冬。在淒風苦雨中，舢舨從金門本島駛向烈嶼，我抽中金馬獎後，首先落腳在這個鳥不生蛋的孤島。我被點召到旅部當參謀，平日閒來無事，手中無兵權，肩上無重擔，僅有美其名曰視察督導的雞毛蒜皮小事。那真是個苦悶的時代，偶爾在海邊崗哨用望遠鏡眺望近在咫尺的廈門島，便算是很大的刺激了。日子混久之後，東林街就排進我的日課表，三不五時溜到街上晃盪，中午的電影自不放過。

那些片子真是難看，粗製濫造的國片，足可見證國片發展史。如今只依稀記得《燃燒吧！火鳥》等一兩部片名，印象最好的，是吳念真編劇、林青霞主演的《槍口下的小百合》，演些什麼，卻毫無記憶。但片子再爛，也無所謂。吸引我的，與其說是影片，毋寧說是那種「老百姓」的氣味。是的，「死老百姓」，在步兵學校集訓時，隊上幹部最喜歡用這四字經罵我們這些預官學生。在講力不講理、官大學問大的封閉軍中，我多麼渴望漸行漸遠的老百姓氣味能重回我身上，管他什麼革命情操。看電影是我呼吸人氣的鼻管，是我咀嚼鄉愁的食道。儘管這些片子同樣不食人間煙火，但是每當風大浪大，補給中斷，片源不繼時，還真教我悵然若失。也許是混得太凶，在旅部待過幾個月後，就被下放到連隊當排長，自此東林街市和那家戲院便從我生命中消失了。

她只是個孩
佛

唯一的時鐘，傾靠在牆面。
時間在我們家，
僅供參考。

那一粒粒泛黃有蟲的舊米

當兵時手氣不好，抽中金馬獎，來到金門。還不是大金門，而是俗稱小金門的烈嶼，一待半年。用鳥不生蛋來形容這塊彈丸小島可能稍嫌過分，但說民不聊生卻不誇張。一到七點，天未全黑，就已陣地關閉，營門不得進出。守在小小的碉堡裡，肚子咕嚕咕嚕怎麼辦？用電湯匙泡個麵，也有電線短路之虞，無計可施，只能忍著飢荒，等待天明。

俗話說「當兵當三年，母豬賽貂蟬」。兵營看不到女人，哈得要死，以致看到母豬，也覺得跟貂蟬一樣美。這話固然誇張，倒也畫龍點睛，活現當兵的苦悶。這句話拼貼到民生問題來，也頗貼切。食色性也，對色的品味產生突變，對食的要求自然也會降低，當兵啊有的吃就阿彌陀佛了，粗茶淡飯也吃成珍饈佳餚。

所以，很多人說軍中伙食多差多爛，米飯多黃多硬，即令我現在養尊處優，還是不予苟同。只因餓過，才知盤中飧粒粒皆甘美。

也就是說，就算金門戰地的米，是那麼不新鮮，我還吃得津津有味。沒魚蝦也好，雖然說實在的，那種米質真令人不敢恭維。

軍隊的米特別黃，金門的米更黃。為什麼這麼黃？決不是摻了玉米或鳳梨，一切都是「反攻大陸，解救同胞」害的。為了戰備需要，全國所有軍需物資都要有安全存量，有備無患嘛！金門身處第一線，首當其衝，當然得藏得比人家多，存得比人家久，因此，金門軍民吃的米，永遠是三年前的米，這一吃就是四十年。

其間也不是沒人抗議或質疑，畢竟軍人吃苦，天經地義，但教老百姓也跟著吃苦，就說不過去了。金門人看著泛黃僵硬的米，非常不是滋味，向有關單位陳情，金門當局說，你們聽過蓬萊米沒有，台灣最好的米，這種黃黃的米就是蓬萊米，又叫鳳梨米啊！

你們看，黃黃的，不就像鳳梨的果肉嗎？金門人半信半疑，被唬得一愣一愣。

沒錯，蓬萊米是日本時代在台灣改良栽培出來的優質米，蓬萊音似台語的鳳梨，所以又叫鳳梨米。好米是好米，但哪是眼前這款陳舊老米？愚民政策行之有年，早晚會破功。金門百姓後來發現，明明是三年舊米，混充什麼蓬來米？當局擺出第二套說辭，請大家共體時艱，萬一發生戰爭，金門即使被包圍，靠存糧也可撐上三年。

這套謊言顯然不太有信服力。隨著政治力的鬆綁，資訊流通快速，金門人早從媒體知道，台灣的稻米生產過剩，省主席李登輝呼籲大家多吃米飯，少吃進口的麵粉。

金門人也聽說了，政府把一船一船的米，送給外國友邦。米多到這樣，為什麼金門人還在吃舊米？

發生這些演變時，我已退伍，但仍很關心金門風土的點點滴滴。時序嬗遞，即將邁入八〇年代的有一天，在報紙讀到一則來自金門的新聞，上面寫說：金門當地的知識份子陳清寶、楊成家等人大聲疾呼，讓金門人吃新鮮的米；一位在台灣本島的金門籍學者更揚言要送戰備米到工研院化驗。

過期的米會產生致癌的黃麴毒素，政府官員不會不知道。這一化驗還得了？米糧管制終於放鬆，戰地民眾可以購買小包米了。

我不知道現在阿兵哥的飯是不是還黃黃有蟲，金門人吃的米是不是跟台灣一樣，我也不太願意回顧人格扭曲的軍旅歲月，只不過自然而然的，會想起那段有得吃就偷笑的舊時光。

日漸破落的賊仔市

很久沒騎了，吾家腳踏車的輪胎早已沒氣，扁扁的，一個萎縮的嘆號，困頓、茫然的破落樣子，一如它原先棲身的「賊仔市」。

還沒搬家之前，我從家門口走個三分鐘，跨過鐵軌，就進入艋舺，也就是現在的萬華區。

有一陣子，我厭膩於知識份子的高貴身段，沒事老往庶民性格濃厚的艋舺鑽進鑽出，幾乎把華西街、寶斗里、龍山寺一帶視為我家後院。

有時不想走遠，就從桂林路市立圖書館分館旁邊，拐進賊仔市。

賊仔市的正式名稱是「萬華綜合商場」，一九四九年部分從大陸撤來台灣的老兵，暫居於今天老松國小的校園，為求生計，在學校外擺攤子，做起軍需用品的生意。陸陸續續的，鐘錶、舊衣、腳踏車、相機、收音機、電視機、五金百貨等二手商品都來了，百花齊放，好不熱鬧。

貨品多，又是萬華火車站到中央市場必經之路，六七年的光景，賊仔市便從長木板既擺攤的格局，發達為搭起棚子來。隨著貨品愈來愈多，店面更加擁擠狹窄，成為今日景象。

賊仔市，顧名思義是贓物的下游，而它既和老兵的崛起有關，免不了也成為軍用品銷贓的大管道，早期偷竊來的軍用品常到此銷贓。我當兵的時候最怕什麼有的沒有的掉了，聽老鳥說會當兵當不完，後來又聽說，安啦，屆時到賊仔市撈撈看就好了。賊仔市成為我服役的苦難歲月安身立命的希望所託，直到退役多年，我才在閒逛時和賊仔市狹路相逢，一睹真面目。

是的，賊仔市多的是二手貨品，據說極盛時期近三百家，兩度道路拓寬後，拆除到不剩五十家，連同大賣五金、腳踏車和鐘錶舊貨的康定路店家，也不到一百家，生意更是一落千丈。畢竟民眾生活水準提高，對舊貨的依賴日減。如今洗盡鉛華，落得門前車馬稀，冷冷清清，默默的為一個沒落的時代作見證。

其實賊仔市衰落的不是店家數字，而是一個時代。那些老兵老闆，還不到反攻大陸解救同胞，便終老台灣，顧店的重責大任交給會講台語的第二代、第三代。

二手東西不多了，許多店賣起新貨，康定路浩浩蕩蕩的中古腳踏車店，早已成為全新的腳踏車集中地。兩年前我從那裡買回腳踏車，當做一個紀念，懷念那幾年踅往艋舺的悠遊歲月。

以上引述賊仔市的林林總總，悉由日後閱讀而來。我有文字偏執症，只相信白紙黑字，不相信自己做的田野調查。眼見為憑，所聞無據。

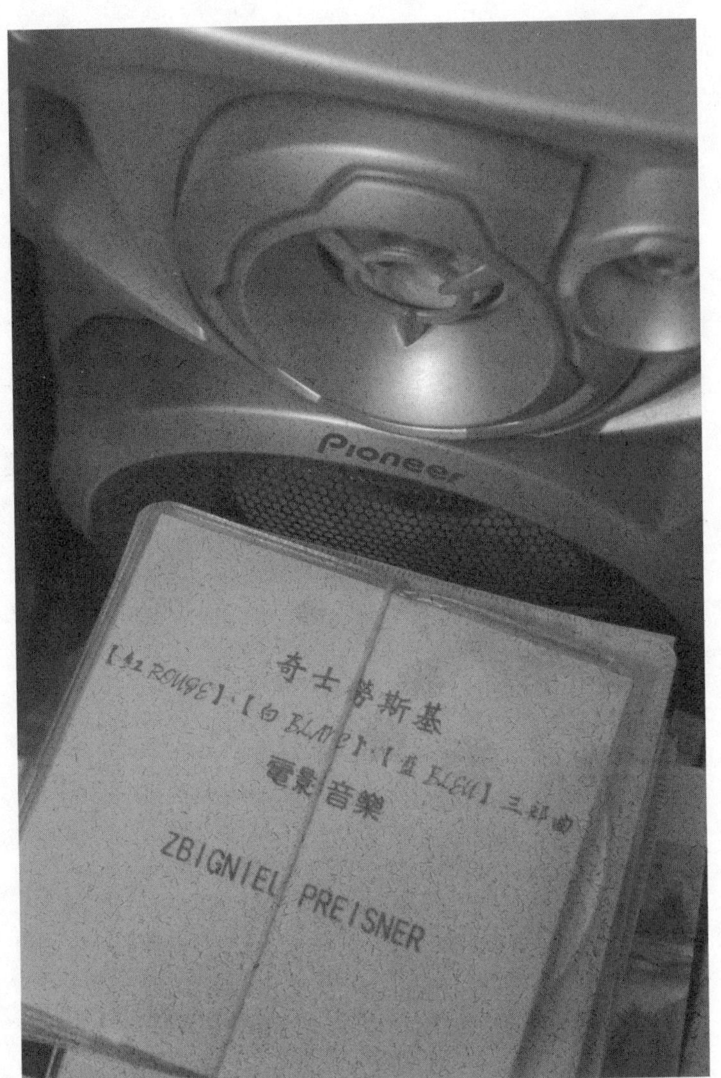

最美的夜晚，莫過於枕歌待旦，
任音符流瀉整個房間。
我的夢，我的歌。

電視球迷

很難把我從電視機前拉進球場，場邊論戰眼耳口鼻身意，聲歷身臨場感於我如菜市，我透過螢光幕四四方方看四方，其樂無窮，不改蘠居之趣。說來冤屈，類似世足賽期間遍布全球的足球寡婦，總在每一屆運動錦標賽產生，其意涵莫非指他們的丈夫，透過電視轉播，死魚眼睛盯著螢光幕動也不動，上天下地唯球賽獨尊，天大地大看球賽最大，他們行屍走肉，是已死的人。這是天大誤會，盯著電視何辜?人在家中坐，不必遠走他鄉到南韓日本球場，機票入場券差旅費全免，不必舟車勞頓奔走於球場體育館。在家看轉播，廣告起來喝水，平平是肝藥……子母畫面，幹譙一聲起身尿尿洩忿，哈里路亞，他仍活著。

這些寡婦總是哀嘆，良人只會看人家運動，自己從不運動。這又怪了，坐而看為何必得起而行？君不見彩虹頻道，看得看官充血哮喘，一時衝動，來個華山論劍印證所學，結果人神共憤，交相指責；看哈利波特，掃把飛行，好不風光，不也摔死了學童？或曰運動有益身心，和上述愚行罪狀不同，此說有理，然而，「看」本身就是自足的宇宙，是特殊的靈與肉關係，非外道人士所能體會。在家看球賽，五官交給導播，心跳交給球員，呼吸交給裁判，靈魂交給計分板。隨戰況之起伏，勝負之拉鋸，血脈賁張，心情亢奮，可收吞吐換氣之效；手舞足蹈，捶胸頓足，兼有活絡筋骨之功。比起透過電視看影片、看call in節目、看新聞報導，其境界不知高出多少。

是的，光看不練是多麼高的境界。爾虞我詐只在小小的視窗裡進行，你死我活只是競技場的把戲（死道友不死貧道），選舉式的動員狂熱阻絕於球場看台，雞飛狗跳、搖旗吶喊留給啦啦隊，輸贏下注留給簽賭場。我在螢光幕前，少了臨場感，多了安全感，不怕界外球吻，不怕看台倒塌，不怕球迷暴動，不怕風吹雨打太陽晒。球賽結束，電視一關，又是一條好漢，心情或受影響，行止坐臥卻無異常。想不通怎會有人昏頭昏腦的，把電視球迷的老婆給安上「x球寡婦」的汙名？

不管如何，別叫我離開電視去球場看球，也別用激將法慫恿我身體力行去打球，對我這類「天生散人」來說，不事生產已經很有罪惡感，不說些歪理為攤在沙發上看球的舉止合理化，又該如何遣有生之涯？

在我家出現的工藝品、畫作，一概和我無涉。我一點藝術細胞都沒有。

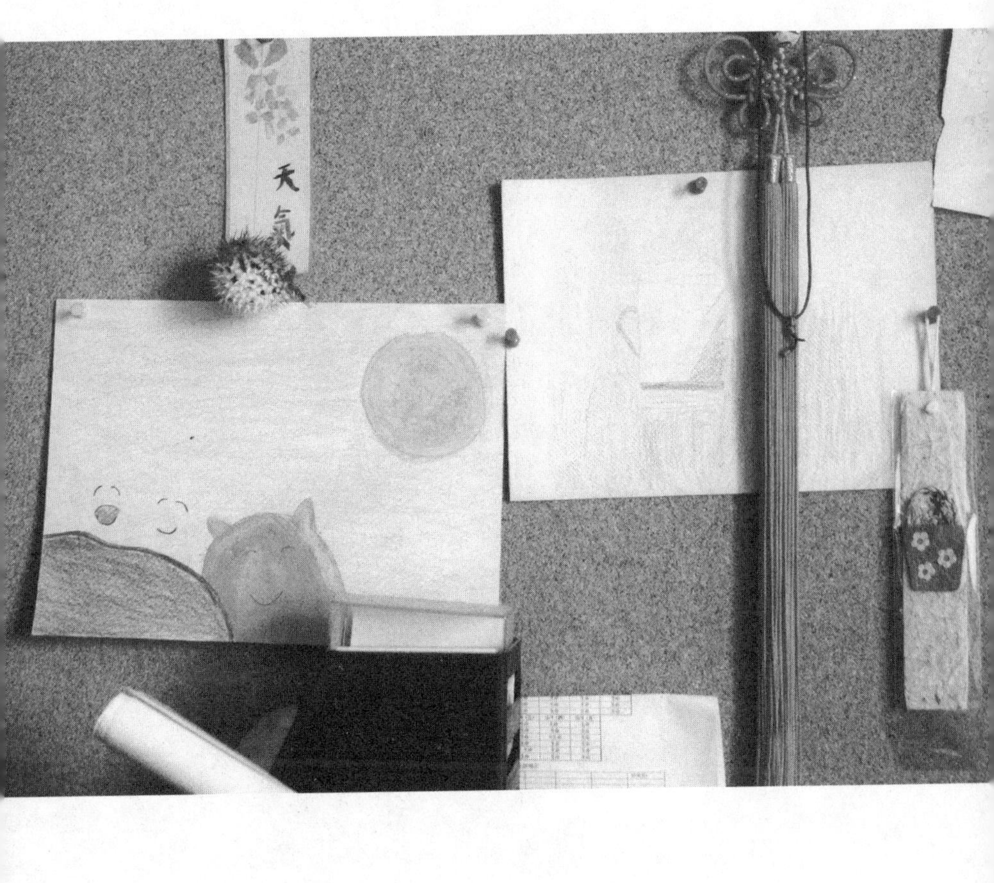
天氣

脫內褲比大小的一頁少棒屈辱史

台灣若沒有少棒的鼓動風潮，就沒有三級棒球的光耀奪目，也沒有成棒躋身世界五強的美譽，職棒運動更無以生根茁壯。然而台灣少棒過去在美國威廉波特創下的豐功偉業，暗藏多少辛酸羞辱，卻少有人提。

且不論我們如何用軍事訓練方式打敗夏令營式娛樂的美國隊伍，也不論組隊方式如何違反少棒聯盟的規定（日、韓等隊也一樣），參賽者的人格權都不容踐踏。然而，為了棒球奪冠的附加利益，我們忍氣吞聲，委屈求全，一如國際外交的模式。

總是說為了外交，為了僑胞。不論在美國的世界少棒聯盟如何刁難，我們總是憋憋的逆來順受，任君擺布，彷彿只要棒打天下，國家再多的苦難與屈辱，都可得到昇華。就如李小龍的拳腳功夫，替民族情緒找到宣洩的出口，至於過程不堪聞問，似乎不必在意。

但我在意，尤其年歲漸長，政治、歷史讀多了以後。已經不是頭一回了，世界少棒聯盟多年來動盡手腳，或要求以社區為組隊單位，或改變投手隔場限制規定，或把賽程分為國際組和美國組，或者乾脆閉關自守，不准外隊參加。總之，不落外人田的肥水，就是最好的方案。

我棒協忍辱負重多年，最荒謬，最沒格，最憋的，莫過一九七六年體檢過濾超齡球員一事。

那一年，威廉波特懷疑我們的戶口制度做假，政府協助球隊偽造文書，謊報年齡，讓超過十二歲的球員打少棒，在世界大賽爭取最好的名次，否則台灣少棒隊憑什麼年年如秋風掃落葉，打得小美抬不起頭？

戶口沒有公信力，剩下的唯一辦法，便是以體檢作為超齡與否的標準。我棒協全力配合，宣布球員若有超齡嫌疑，應接受體檢，若超齡屬實，球隊取消比賽資格。

這下醫生傻眼了。怎樣鑑別年齡？以最常見的手腕、牙齒X光片，也會出現半年以上的誤差。別說半年，誤差一、兩個月，就是違規與合法之別，是球隊奪冠出國和取消資格之別，更不用說生理年齡和實際年紀本來就會有所出入。

儘管清官難判年齡事，但在「心中有個小警總」效應之下，棒協抱著這樣的心態：寧可在國內錯殺，也不要到了美國後被判違規，而被取消參賽權。個人事小，球隊事小，國家榮辱事大。

於是，當國內少棒代表隊選拔賽之前，人高馬大的小球員就被質疑、被檢舉。奪冠呼聲最高的高市少棒隊首當其衝，三名球員趙良安、曹清來、馬世傑被帶到小兒科醫師和棒協理事長謝國城、總幹事林鳳麟面前，脫下內褲受檢。經目測，判定超齡，不得隨隊比賽。

棒協此舉惹惱了省政府警務處。警務處說，戶籍不容懷疑，怎可擅自以醫學鑑定來認定第二個年齡？

是啊，戶籍資料不能證明國民的年齡，警察伯伯和戶政單位是幹什麼吃的？謝國城只好澄清，從未否定戶籍制度的權威，這些球員也不是超齡，而是他們「體格、體能超過一般兒童，不適合打少棒。」

許是這個緣故，高市少棒隊並未被取消資格，否則我無法想像，以後各隊篩選球員時會是什麼場面。會不會矯枉過正，專找發育不良的？小小的生殖器，大大的使命感，在台灣打少棒怎麼這麼累？

當年的選拔賽採雙敗淘汰制，高雄市隊折損三員大將，不敵另一勁旅台中市隊，但台中市悲情依舊，和冠軍擦身而過。花蓮榮工大爆冷門，勇奪冠軍，彷彿四年前台北市隊被視為二級隊伍，卻得到代表權，進而得到世界冠軍。

只是那年台北市隊在「智多星」教練林信彰的指導下，小選手觸擊短打爐火純青，點得老外手忙腳亂，看得電視機前的我們好樂；同樣打擊不強，必須仰賴觸擊的榮工隊，球藝差得很多，一次又一次握著短棒，卻摸不著邊慘遭三振。我生平第一次看球賽氣得想砸電視。

那也是台灣少棒首度在遠東區失利。我常想，如果不是超齡事件攪局，代表隊的實力應該強得多吧。至少不會連關島隊都要延長加賽才打得贏。多年後，當年榮工第一投手陳義信曾談及，他對日本主投敗戰，喪失進軍世界賽資格，多年來引以為憾。而我，脫褲子看下體鑑定能不能打球一事的荒謬感，此後常烙印心頭，只要想到台灣遮遮掩掩、後花園式的外交模式，就不經意記起這一段。

靈魂偶有出軌不想回家的時候，必須出門找回來。

後記

小時候，我常在巷口，持扁平石頭或樹枝，在舖著碎石、沙土、還沒有柏油的地面，畫上斗大的幾個字，寫我喜歡的電視節目名稱，或者新聞大事，渴望有人駐足觀看。那個年代，小孩獨自在外面玩耍還不會被綁架，地上書寫的大字報，常陪我度過寂寥的漫漫長日。可惜車少人稀，偶有行人走過，也不曾有人注意。所有人都是過客，足跡疊亂了字跡，壞了我的版面。達達的馬蹄，是美麗的錯誤。

那是我生命第一個個人新聞台。

我更常在腦海裡虛擬大字報。巷子的一邊是長長的牆壁，牆內是桃園鎮公所衛生院，裡面有片廣場，假日時是我們的秘密棒球場。我經常想像在牆面糊滿白報紙，上頭密密麻麻記滿新聞大小事，看來的、聽來的、想到的、想推薦的，都在上頭。連我最愛看的諜報片、武俠片、戰爭片在台北院線上映的訊息都有，那些是我從報紙看來的，經過轉貼、轉述，滿足我個人辦報的夢想。

當時哪想得到，後來的世界發展出一種叫做網際網路的東西，可以讓個人辦報，不必空思夢想，不用沙中塗鴉。而網路的精神就在分享。現在回想起來，我童年在巷子和腦子裡玩的文字遊戲，不就是分享嗎?與其說是創作慾望，不如說是把美好的事物散播出去的想望。

「當你遇見美好的事物時，所要做的第一件事，就是把它分享給四周的人；這樣，美好的事物才能在世界上自由自在的散播開來。」《少年小樹之歌》裡，小樹的奶奶這麼說。這段話深深吸引著我。

我在網路上和一群朋友分享念頭、感覺和情報，不知不覺已經五年了，這本書其實是一些分享的過程紀錄。感謝家人的寬容，讓我可以任性的無視於作品產值，隨意書寫；感謝好友傅月庵的牽成，沒有他，以我疏懶、被動的個性，這本書不知何年何月才能誕生；感謝所有和我互動的朋友，儘管來去如風，卻讓書寫的路上有了更美好的風景。

果子離 繪

國家圖書館出版品預行編目資料

一座孤讀的島嶼 / 果子離著. -- 初版. -- 臺北市
: 遠流, 2005[民 94]
面； 公分

ISBN 957-32-5544-8(平裝)

855 94008696

綠蠹魚叢書 YLG11
一座孤讀的島嶼

作者：果子離
主編：林皎宏、楊豫馨
攝影：齊夬
美術設計：唐亞陽㊒工作室

發行人：王榮文
出版發行：遠流出版事業股份有限公司
地址：台北市南昌路二段 81 號 6 樓
電話：(02) 2392-6899
傳真：(02) 2392-6658
劃撥帳號：0189456-1
香港發行：遠流（香港）出版公司
地址：香港北角英皇道 310 號雲華大廈四樓 505 室
電話：2508-9048
傳真：2503-3258
香港售價：港幣 93 元

法律顧問：王秀哲律師・董安丹律師
著作權顧問：蕭雄淋律師
製版印刷：中原造像股份有限公司
初版一刷：2005 年 6 月 1 日

行政院新聞局局版台業字第 1295 號
定價：新台幣 280 元
若有缺頁破損，請寄回更換

ISBN 957-32-5544-8
YLib 遠流博識網
http://www.ylib.com e-mail:ylib@ylib.com